O céu implacável

João Anzanello Carrascoza

O céu implacável
Romance

Copyright © 2023 by João Luis Anzanello Carrascoza

Grafia atualizada segundo o Acordo Ortográfico da Língua Portuguesa de 1990, que entrou em vigor no Brasil em 2009.

Capa
Elisa von Randow

Imagem de capa
Ponto de convergência, 2019, de Laura Gorski. Pigmento e nanquim dourado sobre papel, 140 x 140 cm.

Preparação
Silvia Massimini Felix

Revisão
Luís Eduardo Gonçalves
Luciana Baraldi

Os personagens e as situações desta obra são reais apenas no universo da ficção; não se referem a pessoas e fatos concretos, e não emitem opinião sobre eles.

Dados Internacionais de Catalogação na Publicação (CIP)
(Câmara Brasileira do Livro, SP, Brasil)

Carrascoza, João Anzanello
   O céu implacável: Romance. / João Anzanello Carrascoza. — 1ª ed. — Rio de Janeiro : Alfaguara, 2023.

ISBN 978-85-5652-171-2

1. Romance brasileiro I. Título.

23-149943   CDD-B869.3

Índice para catálogo sistemático:
1. Romances : Literatura brasileira   B869.3
Henrique Ribeiro Soares — Bibliotecário — CRB-8/9314

Todos os direitos desta edição reservados à
EDITORA SCHWARCZ S.A.
Praça Floriano, 19, sala 3001 — Cinelândia
20031-050 — Rio de Janeiro — RJ
Telefone: (21) 3993-7510
www.companhiadasletras.com.br
www.blogdacompanhia.com.br
facebook.com/editora.alfaguara
instagram.com/editora_alfaguara
twitter.com/alfaguara_br

*Ele dedica este livro
ao rapaz e à menina*

Pontas

Todo fim liberta. Todo princípio enlaça.

Então

Sobreveio a pandemia — e a aflição em escala maior. Mas ele não sucumbiu.

O acordo com a morte estava lavrado, já o assinara, mas ela ainda não o queria, ocupada demais com outros velhos — a mão doendo pela exaustiva e ininterrupta rotina de estampar a sua rubrica em novos contratos.

Ou era a ação da vida — cujo poder de resistência o assombrava — que continuava soberana e imponente, vencendo os novos inimigos, embora algumas de suas raízes vitais estivessem já tomadas sorrateiramente pelo mal.

As doenças conhecidas (com as quais convivia), a curva acentuada da coluna na iminência de atingir os cinquenta graus, a cegueira de um dos olhos e outros achaques estavam, de certa forma, sob controle, insuficientes para aniquilá-lo.

Invisíveis e silenciosas, outras armadilhas, era de esperar, seriam em breve colocadas em seu cotidiano. Ele sabia, ele sentia, ele não se enganava — aprendera a perceber na monotonia dos fatos a formação, sem alarde, dos temporais. Aprendera, como efeito prévio de um bálsamo, a captar no ar seco e paralítico a aproximação da brisa e a iminência da chuva (sequer prevista).

Se antes saía pouco às ruas, o confinamento o manteve circunscrito à casa, amplificando a sua tendência de eremita, os olhos voltados para a floresta — *vanprash!*

Nãos

Naquele sábado de março em que o governador apareceu nos canais de tevê e anunciou a quarentena em todo o estado, a filha estava na casa dele. Tinham acabado de assistir a *O dia do sim* e se divertido com a ideia de dizer *sim* para tudo o que um pedisse ao outro ao longo de um dia, mas atentos para as consequências negativas de tal atitude, como no desfecho da própria história.

No entanto, após o anúncio oficial, o que veio foram dias e dias e dias do *não*: não para os encontros (contidos, mas amorosos) entre ele e a menina nos fins de semana; não para as noites vazias (porque seriam tomadas por pesadelos); não para os tempos de saudade limitada (porque, então, a saudade alcançaria por si só a plenitude); não para as surpresas devedoras deixadas à sua porta (trazendo algo que o destino lhe devia, ao contrário das credoras que vinham lhe cobrar o preço pelas raras horas de alento); não para o pouco que ele desfrutava da presença humana (contando consigo mesmo) em seu cotidiano; não para as verdades brandas e os sonos calmantes; não para a poeira de alegria que às vezes flutuava em sua casa — e sim, sim para esses nãos e todos os outros nãos ainda não ditos.

Fechado

A ocasião o obrigou a se fechar para balanço. Ia doer abrir as portas para receber unicamente seus erros e acertos, como visitantes com licença para julgá-lo. Já doía, mesmo pelo vão das frestas.

Já doía (mas levaria à etapa seguinte, do alívio) e, com a mão na maçaneta, nem dera ainda o primeiro giro da chave na fechadura.

Fiel

No início da quarentena, quando a pandemia se alastrou pelo país, estourou na mídia um vendaval de fake news, advindo de uma estratégia do governo federal para dissuadir a população sobre a letalidade do vírus, negar a velocidade da contaminação e minimizar o número de mortos pela doença.
    Ele sabia muito bem distinguir as desinformações veiculadas nos meios de comunicação. E, ao menos diante daqueles falsos fatos, não se enganava, fiel a um de seus mais caros princípios: preferir a dor à falácia.

Aviso

Na cidadezinha onde ele nasceu, os sinos não mais dobravam pela morte dos moradores: ela era anunciada pelo alto-falante instalado na praça central; os acordes iniciais de "Ave Maria", de Gounod, preparavam os ouvidos para a voz do locutor que, em tom grave, identificava o morto. Nunca se esqueceu quando o nome de seu pai ecoou pelas caixas de som instaladas no poste mais alto da praça. Abaixo, as margaridas, nos canteiros, tremulavam ao vento. As margaridas, que ele amava, singelas, mas indiferentes à notícia. Escutar o anúncio público foi, para ele, uma segunda morte do pai.

Depois, quando se mudou para a grande cidade, a morte chegava pelo telefone (insistente, sobretudo, de madrugada).

Naquele agora, ela se espraiava, sorrateira, pelo WhatsApp, o Facebook e o Instagram.

Paz

RIP.
    Era o que se lia nos posts das redes sociais sobre os mortos, que se multiplicavam em progressão geométrica.
    Rest in peace.
    Ele se perguntava, em que país estou?
    A desgraça nacional se estrangeirava.

Alergia

Além de alérgico às fake news, causavam-lhe mal a poeira vermelha, o pólen de algumas flores, a fumaça de incenso, a fragrância de certos perfumes (sobretudo o Carolina Herrera da primeira mulher). Também, às vezes, sentia coceira na garganta e dor abdominal quando comia frutos do mar, amendoim, macarrão. Mas, para aqueles casos, havia uma caixa de Allegra.

Só não tinha como combater a alergia à solidão que pairava, como um pó invisível, sobre a colcha da cama, onde antes dormia o filho, rapaz, e, nos últimos meses, a menina.

Costura

E a menina, uma noite, quando telefonou para ele, como era hábito, para contar como passara o dia, naquele então restrito aos espaços da casa — as crianças sequer podiam circular nas áreas comuns do condomínio —, queixou-se que uma farpa do assoalho entrara na sola de seu pé. A mãe a retirara com uma pinça, mas o machucado, imperceptível, doía.

Embora compadecido com o sofrimento da filha, ele queria lhe dizer que lamúrias não tinham poder de cura e tampouco reduziam a dor. Queria lhe dizer que, naqueles casos, deve-se pegar agulha e linha e costurar logo a pele, transformando o mais rápido o corte em cicatriz.

Mas como lhe dizer, se ela era tão pequena, e ele, uma ferida aberta?

Linha

Em outra ocasião, poderia dizer à menina coisas do tamanho dela, na dimensão de seus arroubos e suas dúvidas, no justo grau de sua compreensão — que ela alcançaria, porque, ao crescer, estaria menos presa às primeiras impressões do mundo, tantas vezes redutoras e falaciosas.

Poderia dizer que:

há, ao contrário de todas as evidências, mares e continentes ainda a serem descobertos;

é fato comum, e não menos encantador, que homens atravessem o oceano dentro de um copo d'água;

as casas sonham com moradores que nelas viveram e se mudaram;

à flor só lhe cabe a condição de flor, assim como aos unicórnios os destinos imaginários;

os pássaros são filetes desprendidos do céu que se aninham em árvores;

os dias nascem crianças, crescem céleres e, em poucas horas, se tornam velhas noites;

um jeito de apanhar a luz é sentir o calor do sol que o corpo, no verão, recolheu na praia;

os mapas são por si só tesouros, mesmo quando desenhados por mãos trêmulas;

o peso das coisas não está nas coisas, mas nos ombros capazes de suportá-las e nas mãos que as erguem;

é possível viver longe de uma pessoa, mas gostar tanto dela que a própria distância nos inunda de sua presença.

Corte

É possível viver longe de uma pessoa, mas gostar tanto dela que a própria distância nos inunda de sua presença.
　Poderia cortar esse dizer. A menina já sabia.
　(Esse dizer era um corte fundo nele.)
　E, no fundo, para ela, o tempo das farpas ficara para trás. Com a separação dos pais, entrara, precocemente, na estação dos ferimentos maiores.

Pedra

Também teria de dizer a ela, a seu tempo (ele ignorava quando seria), que todos, sem exceção na história da humanidade, todos, conscientes ou não, em causa própria ou não, sem querer ou atendendo às vontades pessoais, todos provocavam dor em si mesmos e nos demais. Todos espalhavam dor, desde as esquecíveis até as insuperáveis. Todos espalhavam dor, com o consentimento alheio ou não, sob o pretexto religioso de obter a salvação ou simplesmente por maldade. Teria de dizer a ela. E, teria de dizer, se alguém alegasse nunca ter espalhado dores, que atirasse a primeira mentira.

Quinta estação

A peste aportou como uma embarcação pesada e imensa, e imediatamente deu mostras de que permaneceria atracada ali por um período extenso.

Como se houvesse uma quinta estação, mais tenebrosa que o inverno, na qual era impossível viver sem medo, máscaras e álcool em gel.

Uma quinta estação em parte conhecida, porque, para ele, não era mais possível (havia anos) a leveza insuspeita, o pensamento virtuoso, a crença em (apenas) dias claros.

Para ele, não era mais possível (havia anos) a ponta da língua no ouvido, as marcas no pescoço, a garrafa inteira de espumante, o café com açúcar.

Para ele, não eram mais possíveis (havia anos) os eufemismos, os amortecedores, os gestos atenuantes. Não era mais possível (havia anos) aceitar, embora sem mágoas, nenhum tipo de ilusão.

Custo

Aos poucos, mas crescendo a cada dia, irrompiam notícias de milhares de pessoas que, tendo contraído o vírus, haviam perdido a vida — celebridades, gente anônima (na maioria, idosos), moradores do bairro: o domínio silencioso da morte se alastrava, não tardaria para chegar à sua soleira, embora já estivesse, há muito, em suas células fatigadas.

Vinham notícias de conhecidos próximos que tinham perdido o emprego, o rumo, a razão.

Vinham notícias de outras perdas: do conforto burguês (mas os ricos tinham migrado para suas propriedades no campo), da rotina odiada (dali em diante, almejada), das esperanças (de uma política de saúde centralizada).

Ele conhecia aquele sentimento, estava submetido à sua longa e plena devastação. Perdera quase tudo: os melhores anos (embora os tivesse vivido), os pais, os amores, os desejos, as crenças, a presença do rapaz e da menina em sua casa. O único ganho era estar ali, escrevendo, o que, tantas vezes, o levava a pensar em seu custo, alto, alto — a caminho da estratosfera.

Lista

Álcool em gel
Álcool 70%
Lysoform
Luvas descartáveis
Máscaras kn95
Lenços umedecidos
Paciência

Golpes

Cada dia (e noite) de confinamento era um tapa no rosto de sua razão. Um soco na boca de seu tédio.

O dia e a noite

O dia da casa era o rumor;
a noite, o silêncio.

O dia da cebola era a panela;
a noite, a espera.

O dia do gato era a fuga;
a noite, o muro.

O dia da coruja era o sono;
a noite, a vigília.

O dia do vento era a árvore;
a noite, a nuvem.

O dia da erva era o canteiro;
a noite, o chá.

O dia do pássaro era o voo;
a noite, o ninho.

O dia dele era a solidão;
a noite, ela duplicada.

O corpo diz

O corpo dele diz se faz frio na metrópole (onde reside). O corpo dele diz que o aroma de jasmim lhe recorda uma noite no bairro de Santa Cruz, em Sevilha. O corpo dele diz que esse som é o vento uivando. O corpo dele diz que os planetas do sistema solar ainda são os mesmos que flutuavam no cosmos no domingo em que nasceu naquela cidadezinha do estado de São Paulo, Brasil, América do Sul. O corpo dele diz o que só tem importância para ele: o gosto da própria saliva, os gases em seu ventre, a unha do pé lacerada. O corpo dele diz que o rosto dos filhos se move como um trem em suas lembranças. O corpo dele diz que queima e dói se uma faísca do maçarico cair em sua pele. O corpo dele diz que sente falta de uma alma (sim, é o corpo dele que diz). O corpo dele diz que a hélice da morte está girando silenciosamente em todas as suas células. O corpo dele diz "estás vivo" e, neste momento, o corpo dele escreve o que alguém — com seu corpo, também vivo — lê.

Roupas

[calças]

Deixou de usá-las. Passava o dia inteiro de bermuda: com o tempo, os botões, de duas das três que possuía, se soltaram. Como não podia levar à costureira do bairro, procurou no banheiro um kit de costura que ganhara certa vez. Mas não havia agulha (na certa, a perdera), apenas linhas de várias cores, alfinetes e um par de colchetes. Lembrou-se de Cecilia Salles, que estudava o processo criativo nas artes e, uma ocasião, dissera que a poética dele se ligava a uma estratégia de sobrevivência — tudo o que lhe ocorria na superfície do cotidiano era disparador para a sua escrita. Pensou em usar os colchetes para algum trecho do livro que iniciara, *O céu implacável*. O gancho do colchete, como uma garra, o seu desconforto existencial; a presilha do outro colchete, à espera do encaixe, a palavra que o puxava para o alívio (passageiro).

[camisas]

As poucas, que usava em eventos literários, seguiram levitando nos cabides de arame, esquecidas no guarda-roupa.
    Vestia unicamente camisetas, de preferências as mais antigas e desbotadas, que combinavam com os rasgos de sua história.

[sapatos]

Mofaram.
    Limpou-os, lustrou-os, devolveu-os à escuridão da sapateira. Andava pela casa de sandálias Havaianas da manhã à noite. Uma das tiras arrebentou. Adquiriu um par pela internet na loja que, tempos depois, não entregaria a pipoqueira que ele comprou para a menina.

[meias]

Só para calçar nas noites frias.

[cuecas]

Lavava-as com a água do chuveiro quando tomava banho. Mas não as deixava, como as calcinhas da segunda mulher, no boxe. Dependurava-as na corda no quintal, onde fazia sol cedo e batia sombra à tarde.

Suposições

Ele gosta de supor. Talvez o verbo nem seja gostar. Ele supõe, não sabe não fazê-lo. Supõe que alguém saiba quando a dor chegará, por isso instala cadeados e trancas para que ela não arrombe a porta: ilusão. Supõe que alguém, sabendo do cerco implacável da tristeza, sorria por qualquer motivo: engano. Supõe que não ter nada seja uma opção diante da matéria espúria do mundo, uma forma de se livrar do poder da posse: fraude. Supõe que haja famílias felizes, casais apaixonados e filhos pródigos: utopia. Supõe que existam erros perfeitos, acertos falhos, males desnecessários: falácia. Supõe que a saudade seja um ciclone e, aos poucos, se transforme em vento suave: mentira. Supõe que o céu seja de fato azul e nele esteja dependurado o paraíso: fantasia. Supõe que Deus seja disfarçadamente o diabo: engodo. Supõe que o sol esteja se pondo para uma pessoa e não para todas as outras: morte. Supõe que a vida possa resultar em milhares de suposições, mas só uma se realizará: verdade.

Só respostas

Porque o esquecimento sabe de cor como apagar as lembranças inúteis. Porque a prece é um pedido, uma súplica do sonho, e a graça uma concessão espontânea da realidade. Porque a neve, ao tocar a pele, em água imediatamente se derrete. Porque é pela sua transparência que o vidro corta a paisagem. Porque solidão é estar unicamente com o mundo para si. Porque a parte mais bonita do corpo é o sim saindo dos lábios silenciosos. Porque, ao passar por um sino, o vento arrancará dele (mesmo contra a vontade) um ruído. Porque um tijolo pode substituir o pé de uma cristaleira sem que ninguém perceba. Porque é com os olhos e não com os braços que agarramos (para sempre) quem está de partida. Porque é da cicatriz, não da ferida, que o passado (feito sangue) transborda. Porque, às vezes, quando queremos a noite, o sol se derrama no horizonte como suco na toalha da mesa — e não há o que fazer senão aceitá-lo. Porque a queda só acontece se subimos (ao menos) um degrau. Porque há dias que temos de declarar amor por precaução, antes que seja um ato tardio de misericórdia. Porque a língua, à semelhança de uma chave, abre e fecha mundos. Porque o tempo é uma lâmina que se afia cortando a vida.

Coisas para amar

Mas havia o que amar:

as margaridas, pela beleza simples, com o seu pequeno sol rodeado de pétalas brancas, que, como asas, um dia se vão com o vento;

o poente, que nunca é o mesmo, assim nos livra de querer espetáculos exclusivos e nos afasta da repetição;

as cebolas, nobres até na casca fina e dourada, capaz de represar todo o pranto que o miolo solta quando cortamos suas auréolas cristalinas;

os sapatos velhos, pelos caminhos que levam para sempre em sua sola, extensão do tempo palmilhado;

as ruas vazias, empoeiradas ou úmidas pela chuva, prenúncios de aventuras, viagens, lembranças em botão;

o instante em que despertamos, porque a vida é todo dia, não de vez em quando;

as sombras espessas, pois nelas descobrimos que o abismo está cercado de luz;

as estrelas, que só cintilam no céu, nada nos pedem, sequer nosso olhar nas noites claras de verão;

as cicatrizes, desenhos em alto-relevo das feridas fechadas;

as primeiras descobertas, porque a infância não é um tempo, mas um lugar indestrutível na memória;

as teorias, filhas de nossos sonhos primevos;

as histórias inacabadas, já que não escreveremos a última linha de nossa história — caberá a alguém anunciar o nosso fim;

a morte, amar a morte, que não vai nos trazer mais dor do que esta, causada pela vida.

Não amar

Não se pode amar alguém sem conhecer a sua infância. Não se pode amar alguém sem identificar as suas cicatrizes. Não se pode amar alguém sem saber a relação que tinha com os seus avós. Não se pode amar alguém sem ouvir o seu não. Não se pode amar alguém que não aprendeu a chorar. Não se pode amar alguém que não ame a sua necessidade de silêncio. Não se pode amar alguém que não celebre a beleza de um poema. Não se pode amar alguém que não tenha vícios. Não se pode amar alguém que não se alegre com a nossa (sempre efêmera) felicidade. Não se pode amar alguém que não se encante com a pele dourada de um pêssego. Não se pode amar alguém que não se rejubile com as sílabas do nosso nome. Não se pode amar alguém que não sinta na alma a febre do corpo. Não se pode amar alguém que não ouça com reverência a música da solidão. Não se pode amar alguém que desconheça a imensidão do instante fugaz.

Não se pode amar — a lista é tão infinita quanto, em seu reverso, as razões que temos para amar — alguém.

Distância

A distância entre um país e outro. Uma cidade e esta, onde vive. A casa do vizinho e a dele. A distância entre o lá fora e o aqui dentro. A porta e a rua. A distância entre os móveis da sala e as paredes. As camas do quarto e o assoalho de madeira. A janela e o céu imenso, que ele avista ao se debruçar no parapeito. A distância entre uma árvore e outra na calçada à frente. A distância entre um raio de sol e outro que ricocheteia nos cacos de vidro do muro. Entre um grão e outro de terra (aparentemente siameses) no canteiro de seu quintal.

A distância entre a cabeça e os pés. A distância entre os olhos no mapa do rosto. A distância entre os lábios (que, a princípio, parecem colados). A distância entre os dentes dentro da boca. A distância entre a voz que sai garganta acima e as batidas abaixo, do coração. A distância entre um dedo e o outro das mãos. A distância delas, mão direita e esquerda. Entre as pernas (ainda que fechadas). O chão e a sola dos pés. A distância entre o que ele foi e o que será.

Sem a distância, só haveria asfixia. Sem a distância, não haveria solidão e, por consequência, toda companhia seria um cárcere. Sem a distância, não poderíamos silenciar em momentos distintos. Sem a distância, não existiria o longe, nem o perto, tudo seria paralisia. Sem a distância, não haveria a primeira e tampouco a última palavra. Sem a distância, não haveria aproximação. Sem a distância, ninguém enxergaria o que está escrito nestas linhas.

A distância: justa medida que a vida nos concede.

Valores

Temperatura: 36,7°C
Oxigenação: 97%
Batimentos cardíacos: 63 por minuto
Tristeza: 90%

Rara e vulgar

Os cientistas, que há tempos enfrentavam o surto de descrença em suas conclusões — e, naqueles dias, atacados pelos negacionistas, antivacinistas e terraplanistas —, diziam que a vida no universo era rara; já se conheciam sistemas solares, com seu astro central circundado por planetas, e estes por satélites, onde ela, a vida, do jeito que a conhecíamos, humana, inexistia.

A vida era rara; mas a morte, ordinária: nas últimas duas semanas, levara um vizinho (setenta e dois anos), um ex-orientando dele (quarenta e um anos) e um sobrinho da primeira mulher (vinte e oito anos).

A vida, rara, estava incessantemente cercada pela ação, vulgar, da morte.

Constante

Mas algumas coisas seguiam constantes. Despertar às três e meia da manhã ainda o surpreendia. A memória RAM do mundo se lembrava de crucificar novamente Cristo — e ele, que nada tinha a ver com o evento no Calvário (ou tinha?), era afetado em seu sono breve, encurtando-o mais.

Décadas antes, acordava às cinco da manhã. Enquanto a primeira mulher tomava banho, ele coava o café e colocava as fatias de pão na torradeira. Eram jovens, esbanjavam vitalidade, esplendiam sem saber que, tempos depois, se tornariam sombras. Ele a acompanhava, ainda fazia escuro, até o ponto de ônibus; ela se deslocava para uma cidade vizinha, onde conseguira um emprego. Amava ver a manhã nascer, a mulher dentro da condução acenava, o mundo era simples; os sonhos, possíveis.

Os sonhos, mesmo se impelidos pela força utópica, estavam a favor de um futuro feliz. Mas os sonhos, aos poucos, foram mostrando a sua face destrutiva. Os sonhos imobilizam o sonhador. Os sonhos são o início do conformismo, o primeiro passo rumo à frustração, o salto exibicionista da inércia.

Previsões

Quando jovem, por desalento ou curiosidade, desejou saber sobre o futuro. A cigana, ao ler a mão dele, disse que a linha da vida era curta. O astrólogo, ao interpretar a conjunção de astros no dia de seu nascimento, afirmou que ele teria uma carreira profissional de sucesso meteórico, mas breve. A taróloga foi na mesma direção, prevendo que seria um homem de negócios de trajetória gloriosa, embora efêmera. A vidente disse que ele havia ultrapassado as metas de sua existência anterior, de forma que esta, atual, seria rápida, como se ele viesse somente bater o ponto, já que não poderia saltar uma encarnação. Assim foi também com as runas, vida intensa e nada longa.

Agora, no poço da velhice, descendo a suas profundezas, ele, apenas um escritor, só podia concluir que a sua vida tinha sido mesmo errática — nem as previsões davam certo com ele.

Emissários

Da nova série Na Contramão: recebeu e-mail de uma ex-aluna, que se dizia agora vidente e perguntava se ele estava bem, com saúde, diante daquela conjuntura inóspita, em especial para os idosos. Depois, afirmava que fora contatada por uma entidade do plano espiritual, a fim de levar-lhe a seguinte mensagem: que apagasse do coração as mágoas, que deixasse de se culpar pelos seus malogros, que as mazelas do presente eram oportunidades, concedidas pelo Pai Eterno, para que ele atingisse grau maior de consciência em sua missão terrena.

Antes de deletar o e-mail, ocorreu-lhe pensar que, se era vidente, ela não precisava perguntar se ele estava bem, com saúde, devia saber que, não apenas na quarentena, mas muito antes, ele desconhecia o que era estar bem. Ocorreu-lhe indagar a ela por que a entidade espiritual não o procurara diretamente, se sabia que intermediários mais atrapalham que ajudam as causas divinas. E, o mais surpreendente, sabendo que ele estava confortável em sua condição de perdido, que ele não acreditava em danação (tampouco em redenção), por que aborrecê-lo com aquela história de missão terrena?

Sim, tinha uma missão: proteger-se dos demônios alheios, exorcizar os videntes de plantão e os mentores eleitos para salvar os extraviados como ele.

Bênção

Aprazia-lhe ser extraviado.

Desviara-se das formalidades frias, dos costumes castradores, dos pudores pífios. Desviara-se das seitas astuciosas, das amizades decorativas, das artimanhas de sua própria resignação. Desviara-se, especialmente — uma vitória sangrenta —, da imobilidade da esperança.

O extravio era uma bênção.

Diferentes

O movimento no bairro, a céu aberto, cessou, alcançando quase a imobilidade plena. Apenas, vez por outra, o rugido de uma moto ou de um caminhão que passava, e estacionava por instantes, para alguma entrega. Os moradores haviam desertado das ruas. Com exceção de um vizinho que, cedo, levava o cachorro para passear — ou melhor, para urinar e defecar ao ar livre. Da janela do quarto, ele os observava: o homem e seu cão — ou melhor, o cão e seu homem. Amigos. Apesar de seres distintos. À diferença dele e do próprio vizinho, não amigos. À diferença dele e do mundo.

Deserdado

Não herdou do pai: a altura, a cor dos olhos, os cabelos crespos, o nariz aquilino, os lóbulos pequenos das orelhas, os dentes separados, a voz de barítono.
    Só herdou a sua ausência.

Palavras ao pai

Aquela vez que a mãe tinha viajado e você aqueceu o resto da comida do almoço em banho-maria, e nós dois jantamos e rimos quebrando todas as regras impostas por ela — não colocar as panelas na mesa, não cortar o espaguete, não sobrepor um prato sujo ao outro na hora de recolhê-los —, zombar em dupla era o nosso jeito de misturar o amor que sentíamos por ela, cada um à sua maneira. Aquela vez que você me levou à sapataria e, diante daqueles tênis caros, me disse, *estes não podemos comprar, aqueles sim*, e só depois fui compreender que a verdade é a medida que calça o afeto, seja qual for o tamanho. Aquela vez que você se machucou e passou dias dentro de casa, uma surpresa para mim, eu pensava que pai é só o lado de fora, o mundo lá adiante, a ausência provisória. Aquela vez que rimos e gritamos e choramos juntos, quando nosso time de futebol ganhou o título nacional. Aquela vez que eu, sem sono, caminhei no escuro do corredor até a cozinha para apanhar um copo d'água e vi, sem que me notasse, você chorar por um motivo que nunca descobri. Aquela vez (ainda é esta vez e jamais terminou) que eu chorei sozinho ao saber de sua morte, quando senti a maior solidão de meu universo, quando também condensei na memória todas as vezes que estive em sua presença.

Palavras à mãe

O dia em que eu estava lendo um livro e fui até o seu quarto e perguntei, *mãe, o que é frenesi?*, e você me abraçou, como se precisasse de um corpo para se amparar dos maus presságios, e enquanto explicava calmamente o significado da palavra — o oposto ao de seu espírito então —, uma lágrima, gêmea, saía lentamente de cada um de seus olhos, e só então eu percebi que minha pergunta vinha fora de hora, mas você não a deixara sem resposta, arrastando lá do fundo de si a razão prática para me atender, só então eu percebi que, em seus olhos, o pai já estava saindo da vida. O dia em que o pai se foi finalmente e, ao voltar do cemitério, você se sentou no sofá e mirou a parede à sua frente por longo tempo, e eu, talvez sem saber como costurar por dentro a ausência dele, tirei a minha atenção de mim e me voltei para você, a imaginar quais eram os seus pensamentos e as suas lembranças àquela hora, o que eu nunca soube nem saberei, porque a dor é única, a dor é proporcional à grandeza da presença em nós de quem se foi, a dor de uma pessoa não pode ser comparada, nem aferida, nem minimizada por outra, a dor é medida unicamente pela aritmética dos afetos que sentíamos. O dia em que eu peguei o ônibus Cometa e fui para a capital, nós dois sentados no banco sujo da rodoviária de nossa cidadezinha, de mãos dadas, a pequena mala a meus pés, a mochila às minhas costas dentro da qual, numa sacola do supermercado, você colocara um sanduíche de queijo — dentro de mim o medo e a solidão já se antecipavam, buscando acordo, irmanando-se, para depois, na falsa posição de reis, serem surpreendidos pela coragem que me vinha sempre que eu me lembrava de seu rosto e sua voz. O dia em que eu soube — *vanprash!* — que você estava começando a direcionar os olhos para a floresta, ciente de que o seu retorno para lá se aproximava, o dia em que eu soube que todos os meus dias, dali em diante, seriam não mais para estar com você, mas para me lembrar de você, o dia em que eu vi você não apenas atingir o último capítulo de sua história, mas chegar, com resignação e tristeza, à sua palavra final: neste dia, você morreu para o mundo inteiro, mas segue viva nesse meu velho, sexagenário, coração.

Palavras ao filho

Que, agora, quando decidira alugar uma quitinete — *um estúdio*, pai, o rapaz o corrigira — e viver com a namorada, que zelasse pelo relacionamento com todo cuidado, como uma planta delicada; que a regasse conforme a sua sede, que a deixasse ao sol, se fosse de clima seco, que a adubasse, podasse, revolvesse a terra e retirasse regularmente as ervas daninhas. Que o desculpasse pela metáfora comum, era um de seus defeitos — o filho bem sabia de seu pendor para as analogias —, estava ali, à mão, já que ele comprara para o casal aquela orquídea ali, bonita, não é?, uma orquídea vanda, azul, perfumada... Que, às vezes, era melhor mesmo se agarrar aos clichês, não ficar escolhendo palavras como quem cata miçangas, que pegasse as mais próximas, essas que costumam dizer o que dizem, sem polissemia, e com elas fizesse logo um colar, mesmo se tosco, capaz, no entanto, de servir ao contexto com perfeição mais do que uma corrente de ouro. Que, agora, ao ter a sua casa, o filho não se esquecesse da casa dele, pai, embora, em verdade, àquela hora, contradizendo as próprias palavras já ditas, estivesse pedindo que se lembrasse dele, pai, e, no fundo, os dois sabiam que, às vezes, tinham a intenção de apanhar mesmo o colar de miçangas, mas, por constrangimento, por se sentirem menores que o momento, acabavam puxando da gaveta a corrente de ouro. Que, agora, quando, na certa, iria abrir uma nova família, ainda que distante do tempo de ter filhos, não se esquecesse da menina, da meia-irmã, que era inteira amor por ele, não se esquecesse que a diferença de vinte anos entre ambos era como a de duas miçangas no cordão da brandura, uma fora inserida primeiro, a outra muito tempo depois, mas estavam juntas, e estariam pelos anos afora, encostadas, essa sentindo a vida daquela, testemunhas do brilho uma da outra (e também, no futuro, de sua opacidade) — sobretudo quando ele, no fim das contas, estivesse já fora do colar.

Palavras à filha

Quando ela crescesse, sim, perderia o medo de dormir no escuro, não precisaria mais da presença da mãe ou dele no quarto nem da luzinha acesa em forma de borboleta, mas — e isso não disse — havia gente que, pela vida inteira, continuaria apavorada com as trevas enegrecendo o quarto, e que na certa não sabia o quanto era possível encontrar paz dentro das sombras. Quando ela crescesse, sim, conseguiria andar de bicicleta sem as rodinhas de segurança, mas — e isso não disse — teria de dobrar os cuidados, não tirar as mãos do guidão, não descer ladeiras em alta velocidade sem testar os freios, não se esquecer do capacete, porque, com menos apoio, as quedas costumavam ser mais graves. Quando ela crescesse, sim, poderia ir à escola sozinha, poderia ir aonde a bússola de seus pés a conduzisse, mas — isso não disse — ninguém a protegeria dos riscos, senão ela mesma, as tentações do mundo são imensas e esmagam o bom senso em cada esquina, por isso ele só poderia ter confiança nela, mas estaria pronto também para ser enganado. Quando ela crescesse, sim, fariam outras viagens para lugares exóticos, além de São Thomé das Letras, mas — isso não disse — talvez não houvesse tempo, a vida dele já se aproximava de seu poente. Quando ela crescesse, ainda assim, a maioria das pessoas, ao vê-los juntos, julgaria que o velho ao lado era o seu avô e não o seu pai, e ele sorriria para ela, como sorria toda vez que, na praça onde a levava para brincar no playground, alguém comentava que devia se orgulhar da linda neta que tinha. Quando ela crescesse — e isso não disse — o "mas" estaria ali, invariavelmente à espreita, para desmentir, relativizar, contrapor-se aos seus gestos com provas e argumentos sólidos. O "mas" estaria presente em toda a vida dela, ao contrário dele, sim, ao contrário dele, que, a certa altura, mergulharia no escuro para sempre. Mas — isso disse — estavam ali, e ele se alegrava de ver o quanto ela crescia, dia a dia, dia a dia — e isso não disse —, dia a dia que os obrigaria à inevitável separação.

Três gerações

Por vezes, sem ter o que fazer, teorizava sobre as pessoas e as classificara em três tipos, associados às instâncias do tempo.

As pessoas-ontem (os avós, os pais) se misturam, no mesmo espaço-tempo da realidade (e também do sonho), com as pessoas-hoje (ele e outros velhos) e, igualmente, com as pessoas-amanhã (os filhos) e, assim, estão todos, queiram ou não, fazendo e refazendo o mundo — às vezes de forma amena, às vezes bruta.

Porque as pessoas-ontem, embora vivam o agora, são regidas pelas forças do passado; as pessoas-hoje, apesar de terem memórias, são impelidas pela urgência do presente; as pessoas-amanhã, envoltas na névoa da incerteza, são movidas pelo sol futuro — e não há como escapar dessa profaníssima trindade.

Porque as pessoas-ontem tentam, com as unhas sangrando, conservar seus monumentos; as pessoas-hoje, sob o impulso inevitável da transformação, lançam-se, com marretas, para demolir as torres antigas; as pessoas-amanhã, a passos hesitantes, buscam abrir, entre as ruínas do que restou de pé, caminhos até então intransponíveis.

Também

Também as lembranças se esgarçam e é preciso cerzi-las. Também as tristezas se alegram por existir e nos obrigam a aceitá-las. Também os sonhos envelhecem e, já sem forças para se realizar, aposentam-se sem ressentimento. Também os desejos se exaurem e se acomodam em águas paradas. Também os pensamentos se engravidam e geram filhos bastardos. Também os temores têm seu ponto fraco por onde se pode atacá-los. Também as amizades se enfartam e morrem subitamente. Também as emoções se quebram e não há como consertá-las. Também as dores se dilatam e só o esquecimento pode minimizá-las. Também as palavras se despedaçam e, às vezes, nem as ruínas de seu silêncio escapam da incompreensão que semearam.

Lavoura

A memória, como a terra, não pode ser abandonada à própria sorte.

É preciso fazer o seu cultivo, para que seja produtiva. É preciso roçar as lembranças, lavrar as áreas devolutas do passado, drenar os campos inundados pela dor, irrigar os canteiros onde, à sombra, se conservam as alegrias, eliminar as recordações daninhas — para que as vivências vicejantes, que nos constituem, não sejam esturricadas pelo cotidiano traiçoeiro. É preciso que certos fatos, como glebas estéreis, sejam abrasados pelo sol do esquecimento.

A memória, como a terra, faz florescer a semente (se a regamos), a memória padece árvore (se não podamos seus ramos podres), a memória se ressente pasto (se não lhe damos capim farto), a memória pede cercas, para que nossas reminiscências não sejam confundidas com as dos outros, a memória engorda o gado sob a vigilância do dono, a memória, como pedra, tem suas rochas, seus mistérios, seus desertos (às vezes, em meio às hortaliças frondosas).

A memória, como agricultura, não se faz por si. Por isso, pegue a enxada, as mudas, o adubo, e esteja atento ao tempo, à hora da semeadura e à da colheita, esteja atento, porque toda lavoura, além dos cuidados para que prospere, está sujeita a geadas, pragas, ventanias — e, sobretudo, ao abandono.

Só o escuro

Sim, roçando a memória, às vezes sem querer, encontrava lá o primo — uma recordação inesperada, como um estranho cogumelo abaixo da relva. Não venenoso. Mas também não comestível. Apenas lá, imóvel em sua cúpula cinzenta, um vivente de seu solo passado.

Chegara, semanas atrás, a notícia de que o primo contraíra o vírus — e, como era velho tanto quanto ele, temeu que partisse. Embora, desde meninos, nunca mais tivessem se aproximado, desejava com sinceridade que resistisse: sempre haveria de se mover em direção à vida, torcendo pela sua permanência, ainda que soubesse que o fim é seu ato maior, de misericórdia.

Lembrou que o primo, criança, só dormia de luz acesa, acompanhado do pai ou, principalmente, da mãe que se habituara, quando não exausta pela rotina doméstica e o trabalho na creche da cidadezinha, a lhe contar histórias. Já ele não tinha medo do escuro, nem de ficar só em seu quarto, à noite, à espera do sono. Não porque fosse, desde pequeno, corajoso. Não. Tão somente porque sentia, dentro de si, um escuro gigante, que nascera com ele, e qualquer outro escuro seria — e era — menor.

Sentia, igualmente dentro de si, uma paciente solidão, talvez pela falta de um irmão com quem pudesse dividir o espanto da existência, uma solidão maior que todo lugar, uma solidão maior, estivesse onde estivesse, e com ela vivia sem temores, ele com ela, ele com ele, o seu escuro não apenas preservado, mas aceito, o seu escuro aceso pela sua presença única no mundo.

O seu escuro — um cogumelo gigante, solitário e negro, em meio à luz dos campos. Se venenoso ou comestível, os outros é que diriam. Mas ali, vivo, talvez, por um dia, na memória, se não da humanidade, na de algumas pessoas.

Árvore

Enquanto o confinamento imperava, era preciso continuar roçando os fatos passados, não que ele estivesse saudoso, com tempo farto para, de repente, se entregar unicamente àquela lavoura — tinha muito afazeres, incluindo o de plantar, por força do momento, novas lembranças em si, relativas ao tempo de reclusão. Mas, entre uma tarefa e outra, sobretudo quando acometido pela febre da escrita, as recordações saltavam, como cavalos arredios, brotavam às vezes silenciosas, como flor quando a notamos de relance num canteiro (ela, que ali estava há tempos).

E, entre os campos devolutos da memória, seus olhos foram atraídos por uma árvore solitária, ainda robusta, mas com a ramagem já atacada pelos primeiros sinais do envelhecimento — a segunda mulher, o segundo casamento desfeito. Haviam se separado dois anos antes, mas ela, em lembrança, lá estava. Uma árvore que nascera nele do nada e fora ali alocada por tudo.

Recordou-se de um verso no qual o poeta parnasiano louvava as árvores, como exemplos de dignidade, por morrerem de pé. Recordou-se, em câmera acelerada, de umas folhas daquela árvore, de seu tom verde-escuro, de sua deslizante maciez, do nascente e do poente de seu tronco onde tantas vezes adormecera depois do amor. Um amor morto, vivo apenas naquela árvore lá, na paisagem do jamais.

Uma árvore que, à diferença de outras plantas que ele podia ainda cultivar, dispensava a sua mão humana. Uma árvore que, como todas as demais, não dependia de sua ação no mundo. Uma árvore que, como todas as outras, seguia sem mediadores, adaptada à terra pedregosa, à chuva devastadora, às altas temperaturas e ao frio. Uma árvore em seu habitat, sugando do solo e do ar virtuais aquilo que lhe dava vida.

Uma árvore que morreria em pé, talvez em breve, antes dele, ou no exato momento em que retornasse ao *imetsum* — o nada que brota uma vez cumprida a existência.

Saber

Ele sabia, pelo som cansado do latido, que o cão do vizinho era velho. Sabia, pelo ouvido afinado, se o canto do pássaro na manhã ensolarada era de um canário-da-terra, um sanhaço, um estorninho. Sabia, ao mirar a configuração das nuvens, que a chuva não iria demorar. Sabia, pelo cheiro, se o leite estava prestes a talhar ou se estragaria no dia seguinte. Sabia, pelo rugido das turbinas, se os aviões estavam decolando ou aterrissando no aeroporto perto de sua casa. Sabia, pelo gosto de ferrugem na boca, se a gengiva sangrava depois que escovara os dentes.

Mas não sabia quando a saudade (dos filhos) desandaria doendo o seu dia. Não sabia quando a tristeza, de súbito, irromperia e, em questão de minutos, chegaria a seu ponto de saturação. Não sabia quando a próxima alegria iria arrasá-lo, nem quando a vontade de resistir a ela passaria do prazo de validade. O que ele não sabia é que o mantinha alerta, que o provocava.

Ignorar certas coisas, ele pensava, é o que nos aviva. Ele pensava. Ele pensa. Ele continua pensando, enquanto não sabe quando será e como será — o fim.

O que fazer

No entanto, ele sabe de cor, hora a hora, quando o dia será de frustração. Ele sabe quando abril é tão mais abril (e cruel). Ele sabe que o que acontece (por si só) tem muita força, mas o que não acontece (se desejamos) tem ainda mais força. Ele sabe que o desânimo, contrariando os aparelhos de alta precisão de sua desconfiança, às vezes fica fora de serviço — um triunfo de seus níveis de serotonina, endorfina, dopamina e ocitocina. Ele sabe quando a dor vai se arrastar durante todo o giro que a Terra completa em torno de si. Ele sabe, logo que fecha os olhos, ao deitar-se à noite, se vai atravessar devagar ou a jato o pântano da inconsciência. Ele sabe o momento em que o corpo, no eixo da tarde, perde o impulso e a vontade de anoitecer.

Ele sabe tantas coisas inúteis, aproveitáveis (talvez) apenas em sua escrita.

E ele não sabe o que fazer quando a escrita se iguala à vida, quando uma é a casca da outra, ou o seu bagaço, e quando não há consolo para o coração que pulsa sob o peito — e entre as fímbrias do papel.

Retirada

Não sabia — só sentia — como, de repente, aquele menino que ele era se tornara o velho de então. O corpo sabia, mas a consciência parecia não ter saído nunca de um espaço-tempo em que tudo já existia, como se não houvesse o *mishoum*, como se o antes fosse algo fora da vida. Mas lá estava ele, sob o mesmo sol há sessenta anos, a mesma lua, o mesmo azul celestial.

Estava, sim, e, se não queria ainda sair do mundo, queria aposentar o modo precário e limitado (como todos de sua espécie) de sentir o dia e a noite, de provar o vinagre dos ressentimentos, de não encontrar a palavra para nomear aquele estado, quase permanente nele nos últimos anos, de alegria triste e prazer desencantado.

Precisava, no fundo, retirar-se de si, dar-se paz, levar-se para longe de sua sombra. Precisava, e não sabia — não sabe e não saberá (como todos de sua espécie) — desfazer-se da lagarta na qual a sua borboleta se transformou.

Implacável

Numa manhã, ao recolher o jornal impresso — apanhava-o com luva descartável à beira do portão de sua casa onde o entregador o atirava —, soube que a contaminação pelo vírus crescia exponencialmente e, no dia anterior, o país registrara quatro mil mortes por covid-19.

Moveu os olhos da manchete e os ergueu para além das casas, imaginando, depois do que lera, que encontraria algo coincidente com aquela relva trágica, nacional, que se alastrava ao seu redor, como nuvens ensanguentadas, com enormes hematomas e raios pavorosos craquelando o horizonte. Mas não, o céu se exibia silencioso, em seu azul implacável.

Vidros

Muros, fortalezas e comportas são os meios mais usados para isolar brutalmente o dentro do fora.

Mas, para ele, os vidros, mesmo os de têmpera frágil, tinham poder maior de separar o aqui do lá, de vetar o íntimo ao estrangeiro, de impedir o encontro dos corpos.

Porque os vidros, apesar de mostrar os dois lados, proíbem o enlace. Pelos vidros, ele podia ver os relâmpagos lá fora, mas não aspirar o cheiro do vento suado de chuva. Podia avistar o sorriso da paisagem, mas não sentir o seu hálito de manhã. Podia contemplar, pela janela do quarto, a margarida no canteiro de seu jardim, sem contudo roçar o veludo de suas pétalas. Podia perceber o sol indo embora, fechando as asas da tarde, mas não captar no rosto o calor de sua morte. Podia observar o céu inundado de estrelas, mas não ser envolvido pelo abraço do escuro ao redor.

Os vidros eram mais perigosos, porque, mesmo inquebráveis, machucavam mais. Pelos vidros, via os filhos, dentro do carro das mães, indo embora dele, depois de terem passado o domingo em sua companhia. Pelos vidros, não apenas os observava acenar, mas experimentava a despedida no corpo inteiro. Os vidros do carro, mesmo se abertos; assim como os vidros da janela da sala de sua casa, onde se debruçava para ver o rapaz e a menina indo embora, podiam ser abertos ou quebrados, mas haviam existido antes lá, para sempre. Os vidros, onde a solidão dele — sem lamúria, a solidão no exercício de seu ser apenas — se estilhaçava.

Muros, fortalezas e comportas, tampões inócuos se comparados aos vidros. Ver e não poder tocar fere mais fundo. Saudade, ele pensa, recordando os carros desaparecendo com os filhos na rua quieta do bairro, é envidraçar os braços da memória.

Dois verbos

Dois verbos que aprecia: irrigar e drenar. Opostos, mas bonitos em sua ação com a água. O primeiro, a rega; o segundo, a seca. Então, naqueles tempos, era preciso irrigar as lembranças, o desejo de continuar sobre a terra, o canteiro pequeno (mas cultivado) da serenidade. Então, naqueles tempos, era preciso drenar as mágoas antigas, o sangue das feridas amorosas, a lama do desencanto.

Outros verbos

Quando aprendeu a escrever, deu para fazer experiências com os verbos, brincando com as conjugações, como se fossem peças de Lego.

Espantava-se com as construções imprevisíveis que nasciam de suas mãos: pintar o vento, ler uma fruta, desenhar a voz, colorir as nuvens, afinar o silêncio.

Ainda se espanta.

Pôr do sol

Pela posição norte da janela do quarto, onde ele improvisara seu escritório, podia, mesmo se não quisesse, ver todas as tardes o pôr do sol — a morte de mais um dia de sua vida, da vida de seus filhos, de sua cidade, de seu país, do planeta Terra que girava, pelo movimento de translação, em torno do Sol.

Assim, como já escrevera sobre o amanhecer, o espanto de, subitamente, ao toque do despertador, sentir, junto com o despertar de sua dor, a vida voltando aos poucos — na marcha lenta da consciência, que não é uniforme, demora para iluminar as zonas obscuras e distantes, até completar totalmente, de novo, o jugo sobre o seu reinado —, não podia negar o espanto, em igual medida, diante da hora que fechava a claridade e abria a noite, como uma cortina, para o fim do dia e o seu correspondente luto.

Um daqueles entardeceres o transportou para outro, que vivera com a menina, algumas semanas antes de decretado o confinamento. Estava desocupado e viajou com ela para o sul de Minas Gerais. Reservou um chalé numa pousada próxima a São Thomé das Letras, cidade construída no topo de uma montanha de pedra, em cujo céu se dizia, tanto quanto de outra cidade ali perto, Varginha, que apareciam frequentemente discos voadores.

Não que seu motivo para a escolha do lugar fosse o desejo de encontrar ETs, gerando na filha curiosidade ou temor, mas, ao contrário, para lá se dirigira a fim de fazer contatos imediatos consigo mesmo, e com ela. Não lhe interessavam habitantes de longe, da esfera cósmica e sideral, a que jamais atingiria, mas as pessoas de seu mundo, à queima-roupa, facilmente identificadas pelo seu equipamento frágil, criaturas, tão à mão, apenas de pele, carne e osso, e, contudo, tão distantes... Garoto, ele se divertia assistindo aos episódios da série *Os invasores*, na qual seres alienígenas mimetizavam o corpo físico dos homens para se apossarem da Terra; e o que mais o comovia era que os invasores não conseguiam se adaptar à precariedade da nossa condição. Por isso, ele amava o precário, o precário seria para sempre tema inescapável de sua obra.

Mal chegaram a São Thomé, ele e a menina, souberam da atração primeira da cidade: o pôr do sol visto de um platô a que chamavam Cruzeiro. Souberam que o "espetáculo" seria por volta das seis da tarde. Souberam que não podiam perdê-lo e, ao mesmo tempo, que, se o perdessem naquela tarde, teriam nova oportunidade no dia seguinte. Ele queria ver o pôr do sol com a filha, claro, pela partilha daquela migalha de instante frente a uma exibição grandiosa da natureza, mas, sobretudo, para mostrar a ela, sem o dizer, como a morte de um dia tinha a sua beleza, como, depois de uma longa tarde, a noite sobrevinha ineludivelmente. Um espetáculo majestoso, mas também repetitivo na Terra, e, para ele, apesar de às claras, fúnebre e triste.

Passaram o tempo circulando pela praça central, pela caverna em cujo interior havia desenhos, símbolos e letras — daí o nome da cidade —, pelas suas ruas de pedras lascadas, ele e a menina, de mãos dadas, como dois estrangeiros que chegam, surpresos, a um vilarejo fora do tempo, inscrito numa tábua estranha do mundo. Depois, meteram-se nas lojinhas que comercializavam lembranças, onde a menina se maravilhou com os chapéus de bruxa, os presépios pequeninos lavrados em rocha, os cristais coloridos, as drusas abertas, mostrando seus ventres coloridos e fulgurantes, graças à lâmpada acesa em sua base. Então, quando, numa casa de brinquedos, comprava para ela um "duende na garrafa", percebeu lá fora o movimento contínuo e célere de pessoas subindo a ladeira vizinha à igreja matriz — grupos ruidosos, casais com crianças, turistas solitários —, e concluiu que, na certa, estavam seguindo rumo ao Cruzeiro.

Para lá também se dirigiu com a filha, rebocando-a às pressas, ao notar que a tarde agonizava atrás do casario irregular, com suas antenas desalinhadas sobre os telhados, a fiação de luz emaranhada nos postes, a desordem visual ferindo o céu — tanto quanto o precário, ele venerava as coisas sem simetria, descoordenadas (mas dignas), perdoava a paisagem suja, rota, mendiga, aceitava os defeitos das coisas, como os seus.

E, antes mesmo de atingir o platô, para observar daquele mirante o declínio do sol, ouviu as palmas dos "espectadores" e entendeu que o instante da culminância já acontecera. Ainda assim, puxou a filha, acelerando o passo, os dois rindo alto, sem um motivo maior senão o da corrida em parelha, ele e ela atiçados pela cumplicidade daquela transgressão entre as pessoas, então já imóveis e silenciosas após a magnitude do show, ele e ela espertos pela súbita alegria, mesmo se perdida a cena exuberante que no horizonte se findara. Escalaram o Cruzeiro e se sentaram numa ponta de rochedo, ao contrário dos demais que se levantavam para ir embora — a precariedade da vida humana em reverência a um fenômeno esplêndido do universo.

De lá, isolados, observaram a amplidão das montanhas, seus cimos ensombrecidos, e, ao fundo, o céu manchado de fiapos de nuvens, cintilâncias lilás, raios laranja se diluindo vagarosamente. O sol já morrera, em tão pouco tempo, mas ele estava ali de posse de todas as décadas vividas em seu corpo envelhecido, e ela, a sua menina, estava ali segurando com ternura o "duende na garrafa"; o sol já morrera, mas ele e ela estavam ali, arrebatados, para o finito sempre.

Outro pôr do sol

Mas, no dia seguinte, ele ficou atento ao relógio, e, antes que a tarde desses sinais de estertor, caminhou com a filha para o Cruzeiro. Chegaram a tempo de escolher um ponto no platô onde puderam se sentar e experienciar o antes, o quase lá, a etapa na qual, embora imersa no silêncio e na falsa calma, a espera se torna maior que o fato a ser vivido, por ser o que é, a vida aguardando a manifestação da Vida.

Assim, tiveram a regalia, imprevista, de ver outro acontecimento, menor, mas curioso, se anteceder ao pôr do sol — a quantidade de pessoas que se aproximavam e se dispersavam ali, rumorosas, ocupando o seu lugar, com suas máquinas fotográficas no pescoço e os celulares em punho, algumas com binóculos, outras com lata de cerveja ou garrafa de champanhe na mão, uma gente que se autoconvidara para a festa (ou o funeral) do entardecer.

Ao seguir, deu-se o que todos desejavam, e que aconteceria com ou sem plateia, em igual beleza, o sol pleno, como a gema perfeita e circular de um topázio, foi baixando na sua veloz lentidão, escondendo-se aos poucos da vista atrás das serras alterosas, até deixar o céu vazio, ensanguentado de fiapos rubros e respingos magenta, obrigando a multidão à deferência dos aplausos. Ele e a menina nada diziam, eram da mesma cepa, estavam primeiro acomodando também o sol dentro deles, deixando-o se afundar na lembrança, para na sequência, sim, retornando ao instante presente, trocarem entre si seus comentários. Ele ia dizer a ela que o mergulho do sol fora bonito, mas rápido, e, em questão de minutos, como no dia anterior, podia--se perdê-lo. Mas não disse. Sentia a sua existência no poente, não sabia se havia nela alguma beleza, sabia apenas que o seu desaparecimento ia igualmente naquele ritmo, de lentidão veloz.

Por fim, na cauda dos turistas que se retiravam, aturdidos, alguns em algaravia, muitos em disfarçado mutismo, foram descendo o platô, devagar e cuidadosos para não escorregar no chão desigual, assimétrico, de pedra lisa, ainda absorvidos por aquele evento que, com o tempo, como o sol, também submergiria no cotidiano, onde por dever se acomoda o esquecimento. Esquecimento provisório, em verdade, porque no futuro, como se fosse um comprimido efervescente, bastaria ser levado à água da memória para que borbulhasse novamente — como ocorria com ele naquele momento, flagrando pela janela do quarto, enquanto escrevia estas linhas, a noite aportar.

Enveredaram-se por uma rua estreita, cujas lojas acendiam suas luzes para melhor exibir os *recuerdos* à venda aos visitantes em intenso movimento àquela hora pela cidade. À porta de uma delas, a estátua grosseira de um ET verde atraiu o olhar da menina, que sorriu e, eufórica, apontou para ele a novidade. Então, inevitavelmente, os dois recomeçaram a conversar, de volta aos assuntos mundanos e à preciosa ninharia de suas vidas.

A lição dos pais

Naquela noite, quando conversou com a filha pelo Zoom, notou que, embora estivesse falante, contando como havia sido o dia na escola, os olhos reluzentes, ela parecia triste — como um especialista que já experimentou em cada célula do corpo os muitos disfarces desse sentimento, ele sabia reconhecê-lo até mesmo em estado de embrião. E como a menina, nesse aspecto, era quem era — seu inegável rebento —, sabia que devia unicamente ouvi-la, sem fazer perguntas que a impedissem de expor o motivo de sua tristeza.

Embora não fosse dado a atos expansivos, queria abraçá-la, brincar com a franja de seu cabelo, fazer-lhe cócegas para que sorrisse e fosse dormir sem aquela escuridão grudada nela como consequência de algum fato que a atravessara, feito agulha, abrindo um ferimento. Mas, esticando os braços e as mãos de pai, não tocaria senão a tela do computador, a sua menina era ali apenas uma imagem — e qualquer carícia que lhe fizesse só poderia vir da voz dele, de suas palavras e, sobretudo, do silêncio.

Por fim, a filha comentou que não fora convidada para a festa de aniversário de uma de suas amigas. Uma situação típica, das mais comuns, que se repetiria pela vida dela, com outros matizes, alastrando-se como fogo em mata seca. A experiência lhe ensinara, com cortes fundos, que não viera da amiga, mas certamente dos pais, o veto à sua filha, e as razões deviam ser as mesmas de sempre, nem valia relembrá-las.

Pensou em consolar a menina, reduzir a relevância do problema, embora também lhe doesse, ainda que indiretamente, aquela exclusão que a entristecera — outras tantas a esperavam em festas futuras, tanto quanto pelas quais ela, filha, seria a responsável. Era dos homens a notável qualidade de fabricar mágoas. Pensou, e se deu conta de que, também, era com os pais que os filhos aprendiam a desprezar o outro, a acolher ou se afastar de uma pessoa, a se valer, com a pobreza das palavras, da arte de consolar — que, se não amenizava a tristeza, ao menos mudava a rota das dores, das conversas, dos sonhos (onde as alegrias se incluem com menos pesares).

Verdade

Acontecera-lhe pela vida afora — a escrita era o seu oxigênio — de uma palavra lhe aparecer várias vezes, no mesmo dia, aplicada num tipo de argumentação que se tornaria moda, se é que já não era.

Daquela vez, fora a palavra verdade, que para ele se revelara primeiramente no jornal, incrustada na fala de uma cantora. Depois, dita por um escritor num podcast que ele ouvia, enquanto fazia o almoço. Mais tarde, encontrou-a na epígrafe de um artigo acadêmico. E à noite, de novo, deu com a verdade num vídeo, saindo suave, como uma mentira, na fala de um monge que dava conselhos para enfrentar com serenidade o cárcere doméstico a que a pandemia obrigara.

Em todas as frases a palavra estava colada a uma vestimenta individual, a um aspecto particular do ser, a uma vivência única do sujeito: "Tenho que ser fiel à minha verdade", "Quem não se cuida vira as costas para a sua verdade", "É a nossa verdade que nos leva ao autoconhecimento", "Se eu sou o amor, eu sou a verdade".

Inquieto pela recorrência da palavra, e sem entender seu novo emprego, em enunciados daquela natureza, ocorreu-lhe a ideia de que a verdade, naqueles casos, substituía a palavra história. Mas, não, a verdade ali estava para ser a verdade de alguém, não a de todos, ou a do mundo.

Foi dormir cogitando se também tinha uma verdade, só

dele. Sabia que não. Sabia como os homens fazem e desfazem das palavras.
    Pobre verdade.

Galhardia

As palavras. Sempre elas. Seu lenitivo, sua cruz. Seu copo, sua sede. Sem se doer, também sem se deslumbrar. Apenas entendê-las como matéria viva — seres invisíveis entre os homens, em meio à água clara ou turva, no fundo da superfície dos dias. Palavras, como mãos, a entregar, ou a receber; a sovar a massa do pão e colocá-la no forno. Mãos que fazem laços e nós, tramas de seda, emaranhados de conflito. Vivas, obreiras. Hábeis no uso tanto do chicote quanto das plumas. Ouviu aquela palavra numa reportagem do telejornal; o repórter perguntara para um senhor como estava atravessando a pandemia, e o entrevistado respondeu: com galhardia.

Ele sorriu, há tempos não escutava alguém dizer galhardia. Deixou-se devanear, apegando-se ao adjetivo que dela provinha — galhardo. Pareceu-lhe algo pomposo, mais da língua espanhola do que da portuguesa. As palavras, como seres viventes, tinham personalidade. Envelheciam, morriam. E, de repente, galhardia: aquela mão excêntrica, bizarra, estendida para ele.

Esperança

Noutra noite, o telejornal exibiu uma matéria sobre os ricos que, vivendo na capital, com a chegada da pandemia, se isolaram em suas propriedades no campo, na praia, na montanha, onde os riscos de contaminação eram menores. Um desses afortunados permitiu que o jornalista entrasse em suas terras e conhecesse a rotina da família. Nas imagens que foram ao ar, podia-se ver, no entremeio de uma cena, a placa com o nome Fazenda Boa Esperança. E lá veio, de novo, a sua obsessão pelas palavras. Haveria alguma esperança que não fosse boa?

Recordou-se do mito de Pandora, que, sem controlar a curiosidade, ao abrir a caixa misteriosa, espalhou pelo mundo todos os males nela contidos, menos a esperança, retida lá no fundo. Então, a esperança era — e é — um mal. Boa Esperança, portanto, é um bom mal. O que era ótimo, pois dava ao mal a possibilidade de produzir algum bem. E, ao bem, a qualidade de carregar consigo algum mal.

Precisava se afastar um pouco das palavras. Elas o excitavam, elevavam o tônus de sua existência, embora soubesse — lembrando de seus tempos de iogue, quando enunciava mantras antigos — que podiam também serenar o ímpeto e adormecer o espírito.

Precisava se afastar um pouco das palavras. Mas não tinha nem a boa nem a má esperança de que conseguiria.

Máscaras

Nas catástrofes, nem todos são massacrados pelas perdas. Alguns ganham, até mesmo quem está despreparado para auferir vantagens como, no início da pandemia, os fabricantes de máscaras.

Duplas máscaras, ele pensa, já que todos os homens são mascarados por natureza — e não pelo teatro encenado diariamente junto aos familiares e com os parceiros no trabalho, mas porque vestem a face com a máscara invisível das dissimulações, para esconder a sua real identidade, por medo, instinto ou ardil de sobrevivência em grupo.

Ele ouviu alguém comentar que fora a um bar onde nenhum dos frequentadores usava máscara. Certamente, referia-se à máscara protetora, descartável, e não àquela outra, primeira, colada à pele do rosto. Aquela outra máscara é uma conquista genética; queiramos ou não, já nascemos com ela.

Aparições

Se antes quase não tinha os filhos junto a si, nos exíguos espaços de sua casa longe dos atrativos da cidade — ainda que estivessem permanentemente nos largos campos de suas lembranças —, com o isolamento obrigatório, o encontro corpóreo se tornou uma lei que não podiam desrespeitar. Urgia, como sempre, aceitar, coisa que ele, sem ser apático ou conformado, sabia na carne que era o melhor a fazer: não há hora certa para atravessar a correnteza do rio revolto, apenas a hora que não é mais possível permanecer à sua margem.

Então, os escassos telefonemas trocados, e as raras visitas que recebia ora do rapaz, ora da menina, e as ocasiões milagrosas, para seu silencioso regozijo, de ter a ambos, foram substituídos por aqueles encontros virtuais através do Zoom. Gostava de ver as três janelas abertas, das quais avultavam o rosto dele e dos filhos em primeiro plano — o restante era supérfluo, o fundo, contra a ciência corrente, era menos relevante que a superfície, na qual a imagem deles surgia.

Gostava de observar a semelhança das faces, buscando as linhas, ariscas, que se repetiam em cada um dos filhos, os traços que tinham herdado dele, e invariavelmente se lembrava de uma frase de Borges: os espelhos e as cópulas são abomináveis porque reproduzem os seres humanos. Por outro lado, eram também admiráveis. Borges não tivera descendentes, e, quando cunhara aquela sentença, já perdera um olho, na certa o da compaixão. Ele perderia um olho em breve, mas sabia que o olho bom continuaria a ver, nas coisas feias, alguma beleza.

O confinamento obrigara o rapaz a adiar os planos de alugar uma quitinete e viver com a namorada. A menina, a adiar as aulas de natação. Ele, a adiar o lançamento presencial do livro *Inventário do azul*. O mundo estava em ponto morto, povoado de temores — sobretudo para os velhos.

Mas aqueles encontros, apesar de remotos, mediados por aparelhos, eram possíveis e redentores, embora não livres de assombros: às vezes, enquanto conversava com os filhos, a mãe do rapaz passava ao fundo. Também a da menina. Eram súbitas aparições, que o levavam a pensar no volume de alegrias (e tristezas) que partilhara com elas, na quantidade de tempo de cada uma que ainda remanescia nele, no espaço que ocupavam em seu corpo, cujas células não eram mais aquelas dos anos em que se amavam. Viver é levar nos pés, a cada passo, os caminhos perdidos, carregar nos ombros os mortos queridos, entrever de repente nas malhas do cotidiano os próprios fantasmas e acenar, compassivo, para eles.

No mesmo quadro, de natureza viva, apesar de afastados, o notável e o hediondo, um a se transformar no outro, e vice--versa, em movimento contínuo, repetível, infinito.

Vozes desveladas

E sim, por vezes era preciso falar com as mães de seus filhos, deliberar sobre algum assunto que os envolvia, tomar decisões em conjunto, e, então, as aparições perdiam o corpo fantasmagórico e se materializavam na forma de vozes espectrais. Ao contrário das vozes do além-túmulo, aquelas vinham do aquém, onde o amor, um dia tão forte que beirava a dor, que o obrigava a provar de um estranho e desesperado contentamento, fora sepultado numa profundidade de sua vida mundana bem maior que sete palmos.

Não eram vozes veladas, veludosas vozes; eram vozes vazias de calor, ainda não ásperas, no timbre das palavras-ferramenta, unicamente funcionais, que os ajudavam a doer menos, palavras-alicate, para apertar mais forte as resoluções partilhadas, palavras-martelo, para pregar logo entre eles o consenso e evitar a demorada negociação, palavras-chave de fenda, para desenroscar com rapidez os conflitos prosaicos. Vozes que enunciavam, para seus ouvidos, um idioma estrangeiro, que, no passado, ele soubera falar com fluência, mas que, então, lhe soavam como expressões guturais.

Raramente conversava com a mãe do rapaz, estavam pacificados há anos, cada um em sua condição insular, as lascas do desamor já haviam se deteriorado e não feriam mais. Já com a mãe da menina, pelo tempo ainda recente do desenlace, a extensão do corte se reduzira, embora não a sua gravidade. A voz dos afagos, dos sussurros lascivos e das juras sinceras perdera o tom e se tornara assombrosa. Os fantasmas, ele concluíra, assumiam a configuração de lampejos negros, mas o que o espantava eram os sons gélidos que emitiam — palavras-automáticas que, um dia, haviam sido amavios.

O silêncio

Decretada a quarentena, já no dia seguinte, e, durante os primeiros meses, a rua onde ele vivia, e todo o seu entorno, foi instantaneamente cerrada por uma espécie de tampão, que sufocava todos os sons, e submergiu sem resistência no silêncio. O silêncio que, a ele, pareceu inaugural, como o primeiro dia da Terra.

Antes, embora o bairro fosse quieto, havia um burburinho logo cedo e ao anoitecer, que vinha de uma escola de ensino médio nas cercanias, um alarido efêmero, com hora marcada, correspondente à entrada dos estudantes nos dois turnos de aula. Também, desde as seis horas da manhã e até a meia-noite, pela proximidade do aeroporto, ele ouvia o ruído dos aviões voando baixo, preparando-se para a aterrissagem. No mais, era o barulho de um ou outro carro, que buscava fugir do trânsito das avenidas e costurava as ruazinhas desertas dali, e, às vezes, o canto raro de um e outro sabiá que visitavam o velho ipê-amarelo de sua calçada.

E, então, o mundo ali — e na cidade inteira — se calou. Era como se a audição fosse um sentido dispensável, ou que apenas em pleno mutismo fosse possível, para os homens, captar os movimentos do mal microscópico que se alastrava. Cético, ele se recordava do silêncio búdico, que atingira naqueles tempos em que saltava de crença em crença, em busca de serenar a sua inquietude esotérica. Por isso, não estranhou a repentina e compulsória calmaria exterior, sabia que, sob a sua falsa inércia, as dinâmicas do universo continuavam em ação, vivas, gerando surdamente forças explosivas.

Assim como a matéria escura, invisível aos olhos humanos, que ocupava 75% do universo, ele sentia existir uma espécie de matéria silenciosa espraiada por quase toda a realidade física, que regia não apenas o cosmos, no intervalo entre a música das esferas, mas também o plano de baixo, terrestre, onde a humanidade sofria o ataque tácito e monumental do vírus.

E aquela matéria silenciosa, a um só tempo dúctil e perturbadora, que perdurou por semanas, foi atravessada inesperadamente, certa manhã, não pelo canto de um e outro sabiá, mas pela cantoria de um bando de pássaros distintos — bem-te-vis, canários, tesourinhas —, que, em alvoroço, saltitavam nos galhos do ipê-amarelo, à vista de sua janela. Uma cantoria que, a ele, pareceu inaugural, como o primeiro dia de uma nova Terra.

Observador distanciado

A filha ganhou da camareira da pousada de São Thomé das Letras, que se afeiçoou a ela, umas sementes de plantas suculentas. Quando voltaram da viagem, a menina expôs a intenção de fazer imediatamente a semeadura e deixar o vaso na casa do pai — uma atitude que ele interpretou como agradecimento, prova da viagem feliz que haviam feito para aquela cidade de pedras, que, no entanto, presenteara os dois com lembranças macias.

Fizeram juntos o plantio numa tarde de sábado. Puseram a terra no vaso com furo, para que a sobra da água das regas escorresse; despejaram as sementes com cuidado e adicionaram cascas de ovos trituradas, como adubo, seguindo as orientações para o cultivo daquele tipo de planta. Por fim, ele passou à filha o pequeno balde e, de pé, enquanto ela regava a terra pela primeira vez, ficou a observá-la.

Devaneou, cogitando se, assim como a menina observava o vaso, e ele, num plano mais aberto, a observava, não haveria também algum outro observador, acima de seus ombros, mirando-os, um observador distanciado — um escritor descrevendo aquela cena, ou o sol contemplando a distância ele e a filha, ou mesmo o olho do mundo a vê-los naquele instante, semeando uma vida, ainda que vegetal. Não um pan-óptico, mas uma sucessão de pontos de vista em degraus, uma circunferência em posição superior a outra, e assim até o infinito. No fundo, o que ele via, como observador das sementes ali plantadas, era vida acima de vida, em camadas consecutivas, formando um sistema chamado universo, inobservável pelos olhos humanos; vida acima de vida, gerada em tempos distintos, vida acima de vida, fadadas esta e aquela à finitude, condição que, uma vez atingida, cessaria toda e qualquer observação de si e dos demais — ao passo que os demais, em si, vivos, seguiriam observando a vida que chegava, e a que se esvaía.

Vida acima de vida: filha que ficaria (aqui), pai que (em breve) iria (embora). Vida acima de vida: uma plantando a outra, e dela se afastando devagar, devagar, para o nunca mais.

Depois

Depois que escreveu as linhas anteriores, de vida sobre vida, pensou em sua condição. Pensou, no entanto, que, para escrevê-las, despejara nelas todos os dias e noites e nadas de sua existência. Como se tivesse — e não tinha? — gastado cada um de seus minutos vividos para chegar ali, àquela escritura. O seu inteiro ser entregue à missão (era esta a palavra cortante) de escrever o que ele mesmo não viveria: estar com a menina, e também com o rapaz, num tempo único para os três. O tempo de saber (e não se lamuriar por isso), o tempo de saber que não há depois.

Fácil

Encaminharam a ele, por e-mail, o link de um vídeo no qual um jovem booktuber resenhava um de seus livros de contos, *Tramas de meninos*. O rapaz, da idade de seu filho, a face quase imberbe, não fosse o bigode de pelos ralos — um risco sobre o lábio superior —, explicava o tema norteador das histórias, a morte, fazia veementes elogios e, por fim, criticava o tom derramado, de emoções fáceis, que havia em certas passagens de uma ou duas narrativas.

A palavra "piegas" foi dita, e ele, talvez porque estivesse preso ao rosto do jovem, vendo nele o rapaz afoito que fora, não percebeu se a frase enunciada afirmava que aqueles trechos eram piegas ou se haviam ficado à beira. Podia retroceder e verificar, mas pausou o vídeo e estacionou a atenção.

Pensou se existira algum homem, em sua jornada pela Terra, que jamais sentira uma emoção fácil. Pensou se Sartre, Einstein, Freud não tinham sido, em nenhum momento de suas vidas, piegas.

Pensou se aquele jovem não se sentira piegas em alguma situação, ou se, como exceção da espécie, não seria acometido no futuro por nenhum tipo de sentimentalismo.

Pensou nos motivos pelos quais o fácil, por vezes, era considerado fútil, e por que atitudes piegas imperavam no cotidiano das pessoas mas não podiam ser transpostas para a escrita, nem como aceitação da debilidade humana, nem como crítica ao excesso romântico.

Pensou se o rapaz não agia no vídeo de modo piegas, e mesmo se ele, alvo da crítica, ao elucubrar mentalmente aquelas ideias, não estava sob o domínio de uma emoção fácil, a tristeza, por exemplo. Ou, pior, o desdém.

Tão fácil

O leitor julgar o escritor.
O oponente inventar outra versão.
O leão matar a zebra.
O sapo capturar a mosca.
A semente crescer na terra fértil.
O amor ser uma mentira.
O mundo mudar.

A vida acabar: por meio de uma agulha, uma cápsula, uma veia entupida. Ou pelo próprio escoar do tempo, no dia a dia, sem que se perceba, como acontece agora com ele — e com quem o lê.

Difícil

O ofício de viver — diante de tanta precariedade.
O ofício de viver — apesar de tantas coisas fáceis.
O ofício de viver — dolorido até em meio a sorrisos.
O ofício de viver — precioso só para quem vive.
O ofício de viver — em que pese alguma leveza.
O ofício de viver — entre a farsa e o milagre.
O ofício de viver — que é menos um ofício e mais um des-
-viver.

Inverso

Por ocasião do lançamento de suas obras completas, releu durante três meses todas as narrativas, tanto breves quanto longas, que publicara desde a estreia três décadas atrás — alguns romances e várias coletâneas de contos.

Chegou à conclusão de que nunca contara uma história comprida, seus relatos eram predominantemente curtos, às vezes breves ao extremo. E mesmo os de maior fôlego, como o *Inventário do azul*, apesar da comprida extensão, continham apenas capítulos de poucas páginas. Em geral, os episódios se constituíam de embates íntimos, nos quais quase não havia fatos; eram, em rigor, fragmentos, porções de um universo ficcional jamais apresentado em sua plenitude. Embora o acusassem de investir nas metáforas, sua escrita se revelava metonímica, o que bem combinava com ele: um sujeito partido, esfacelado, íntegro na sua desintegração.

Descobriu, então, depois de ler todos os livros de sua autoria, que não era um prosador stricto sensu, mas um poeta. E, como poeta, era tarde demais para morrer jovem. Também era tarde demais, àquela altura da vida, para começar uma trajetória poética. Talvez não fosse tarde apenas para viver como, no fundo, ele sempre o fizera: escrevendo versos disfarçados de histórias.

A questão soberana

Meses atrás, depois da cirurgia naquele olho, que se degenerava, ele soube, numa consulta com o oftalmologista, que o processo fora retardado; sim, não havia como recuperar a visão, mas perdê-la totalmente levaria mais tempo do que o veredito anunciado na avaliação médica anterior à operação.

Entendeu, com alguma esperança, que, se vivesse mais alguns anos, talvez o olho condenado tivesse ainda serventia, mesmo se limitada. Mas, se a morte demorasse, então certamente estaria privado de ver metade de sua face, só a enxergaria em parte, com o olho bom.

Fosse como fosse, era apenas questão de tempo. Havia algo, na vida, que não era questão de tempo? Tudo era. Tudo seria (eternamente) questão de tempo.

A questão soberana não era ser ou não ser. Mas o tempo de ser até a foz do não ser.

Futuro

Gostava dos últimos versos do poema "A morte absoluta", de Manuel Bandeira:

*Morrer tão completamente
que um dia ao lerem o teu nome num papel
perguntem: "Quem foi?..."*

*Morrer mais completamente ainda,
— sem deixar sequer esse nome.*

A quantos passos ele estaria desse futuro?

Agulha

Solicitaram a ele, para uma reportagem, uma foto de seu tempo de menino. Recordava que havia algumas, guardadas pela mãe numa caixa de sapatos. Mas, quando vendeu a casa em que ela vivera, deu falta daquela caixa e de outros objetos que jamais recuperou.

Contudo, possuía ainda os seus antigos documentos, e, ao buscá-los numa gaveta, encontrou a sua primeira carteira de identidade, emitida quando tinha oito anos: via-se na foto um menino de cabelos encaracolados, lábios finos, olhos claros. A imagem o absorveu e ele mergulhou naquele rosto à procura de si, descendo às suas profundezas, onde se contemplou com nitidez no espelho de sua vida passada. Voltou de lá silencioso, como se tivesse resgatado uma lembrança rara que o tempo ocultara.

Mais tarde, naquele dia, conversou com a menina pelo Zoom. Ao vê-la, e tendo por acaso aquele seu documento de identidade à vista, notou que, ao contrário do que todos diziam — que a filha herdara os traços da mãe —, ela era parecida com aquele menino. Tinha os mesmos cabelos encaracolados, lábios finos, olhos claros.

Um súbito sorriso de reconhecimento subiu pelo seu corpo inteiro, uma alegria tão fina quanto uma agulha. Tão fina que doía.

Motivo

A fina alegria o agulhava — e miúda era a sua razão de existir. As ninharias do contentamento, daquela vez, vinham de comprovar que havia trazido ao mundo — a face da menina o assegurava — um ser que, embora frágil, talvez carregasse apenas os traços aparentes dele, e não os pesados dilemas e as inquietações corrosivas que o agrediam.

Desejava, assim, que, nas funduras do espírito, a filha saísse como a mãe, que levasse dele somente o que lhe seria menos prejudicial, o que poderia, uma vez na superfície, ser retirado como os galhos a flutuar num rio.

A fina alegria o doloria, à semelhança de uma agulha de acupuntura espetada na tentativa de evitar que a gangrena da tristeza se espalhasse pelo seu corpo, arrebentando músculos, ossos, tudo. Na dialética da vida, seguindo o ciclo brutal da natureza, depois do alargamento vinha a contenção, depois da dor, a lembrança da dor, depois do breve reinado do regozijo, o cerco da melancolia com seu exército de espadas.

Ciclo

E, claro, em seguida, de novo, a agulha da alegria; e, a substituí-la, as espadas da tristeza — e assim o equilíbrio entre os opostos, a alternância obrigatória entre a fonte e a seca, o revezamento entre abrir os olhos e fechá-los.

O vale

Aprendera, quando iogue, que havia o cume do orgasmo e o seu vale. No ponto alto, a explosão acontecia e durava segundos. Mas os seus efeitos, descendo para as células do corpo, repercutiam por horas, dias, semanas. O cume era um átimo. O vale, uma temporada.

Lembrou-se de ambos, quando, por acaso, varrendo uns arquivos de seu computador, deu com uma pasta na qual havia uma coleção de fotos dele e da segunda mulher a caminho do gozo.

Observou as poses, reconheceu os diferentes lugares em que estavam — uma pousada na montanha, um chalé na praia, a sala da casa onde viviam — e respirou de novo, como se fosse possível, o ar daquele amor que, durante anos, fora o seu estuário de desejo e, igualmente, de paz. Era como se sentisse aquele vale, ainda pulsante em seu ser, dissolver-se no último suspiro.

Aprendera, quando iogue, que tanto o cume quanto o vale existem apenas em sua hora. O viver é válido unicamente em seu fluir. O mais é subvida, o que chamam de lembrança, o eco sussurrado de um grito. A lata de lixo esquecida, mas que, em algum momento, será levada para fora da casa.

Reservas

Acontecera quando o rapaz, ainda menino, vinha passar os fins de semana com ele. Trazia na mochila os pertences, que, depois, levava embora — eram os oficiais, de uso contínuo, aos quais se apegava. Com o tempo, ele comprou alguns também, sobressalentes, escovas de dente, chinelos, shorts, camisetas, para que o garoto os tivesse sempre ali, na casa do pai, e não precisasse trazer os seus nem levá-los embora.

Gostava de ver o filho chegar com as mãos nuas e os ombros livres de peso. Sentia que possuía o essencial para lhe dar — sobretudo o amor silencioso, sem exigência de contrapartida. Fora uma longa jornada, e não um ato automático, atingir aquela condição de entrega e nada exigir em troca.

Mas, depois que o garoto partia, os objetos, visíveis aos olhos, ganhavam um sentido inverso, de algo sobressalente, que não continha a força daqueles escolhidos e titulares.

Voltara a acontecer até dias antes do início da quarentena, quando a menina vinha, sexta sim, sexta não, passar o fim de semana com ele. Agora, sem poder recebê-la "ao vivo" em casa, às vezes flagrava, de relance, a caneca de leite dela, a sombrinha vermelha, a toalha com estampa da Cinderela, o vaso de suculentas, cujas sementes, trazidas de São Thomé das Letras, os dois haviam plantado. Eram pertences de uma vida secundária, utilizados somente nos períodos de visita.

Pela segunda vez, ele sentia que o essencial estava (e estaria sempre) cercado pelo dispensável. Na presença daqueles objetos, da menina, as suas reservas de ausência. Naquele campo vazio não entravam nem lamentos, nem pedidos de recompensa.

Lado A

Sobre um dos livros de contos dele, *Tramas de meninos*, Stefania Chiarelli escreveu: Tanto no poeta de Itabira quanto na escrita de Carrascoza comparece a obsessão pela ideia de família — para o último, faz-se possível revisitar essa primeira idade em seu caráter de contentamento, ainda que ilha rodeada de realidade por todos os lados. Dialogando com matrizes tão fortes, certo é que o autor se apresenta movido por um projeto literário próprio, fabricado sem pressa ou barulho, unindo palavras à mão com pontos de agulha. Enredados nas tantas tramas familiares, constatamos, como leitores a acompanhar esses personagens, que a vida é mesmo um fio — enquanto ele não se parte, vale avançar na busca de algum sentido.

Lado B

Sobre o mesmo livro, Elisa Cazorla escreveu: Depois da *Trilogia do adeus*, que gostei muito, venho lendo outros livros do autor mas nenhum deles conseguiu me agradar, infelizmente. Este autor entra para o rol dos autores "leu um, leu todos". Repetitivo à exaustão. Algumas vezes temos a sensação que o autor faz um esforço gigante e muito forçado para tentar emocionar ou sensibilizar mas acaba caindo na mesmice e na chatice. Em todos os contos, sem exceção, pareço ouvir o mesmo narrador patinando na mesma história. Não gostei e não recomendo. Não vale o preço que custa — seus livros são sempre muito caros. Ruim? Não. Bom? Também não. Recomendo? Não. Se achar bem baratinho num sebo ou numa promoção, aí vale a pena, quem sabe.

Os dois mandamentos

Não acreditar só nos elogios.
Não se abater tanto com as críticas.

Decálogo

Da nova série Na Contramão, ampliando os dois mandamentos anteriores:

Não estar, com o novo livro, entre os autores mais lembrados do ano.

Não ter nenhum livro na lista dos mais vendidos.

Não ser arroz de festa da temporada de lives que, junto à pandemia, assolou o país.

Não receber nenhum dos principais prêmios literários nacionais (e, se receber, não se vangloriar).

Não se aborrecer com o elogio dos "amigos", nem com a cobrança das patrulhas ideológicas.

Não se abalar com o desprezo (às vezes na forma de confete) da mídia.

Não responder ao assédio dos (já raros) oportunistas.

Não se inquietar jamais com o silenciamento dos pares.

Não esperar compaixão nem condescendência de ninguém.

Não ligar para a repercussão de suas obras — e, sim, escrever as próximas ciente do (quase) nada que serão para o mundo.

Tribos

Estudos científicos comprovam que a evolução humana se deu graças à capacidade desenvolvida pelos nossos ancestrais, durante milhões de anos, de agirem em prol do coletivo.

A segunda mulher dele, descendente de indígenas (com portugueses), empenhou-se para que o parto da menina, que ela então fabricava em seu ventre, fosse "natural". Iniciou o pré-natal com a ginecologista que a atendia desde a adolescência — e esta assegurou que, "certamente", tudo correria bem, descartando a cirurgia cesariana. Era comum os médicos convencerem as grávidas, até o último momento, de que a gestação estava dentro da "normalidade", mas, também era comum, de súbito, que fossem obrigados a fazer a operação, e sempre pelos mesmos "motivos": o cordão umbilical estava sufocando o bebê, havia muito ou pouco líquido amniótico "etc.". Uma tribo inteira (médicos, enfermeiras, anestesistas) integrava a junta que procedia à encenação, ou ao ritual de artifícios daquele fato tão "corriqueiro" — o nascimento de um ser humano.

Contudo, a segunda mulher notou, numa consulta, que a ginecologista de toda a sua vida agia de forma suspeita. Buscou com amigas indicação de outra médica que lhe "garantisse" parto "natural". Encontrou-a, e seguindo o contrato firmado, no qual o procedimento teria de ser feito num hospital específico, com equipe "especializada" (doula, enfermeira, anestesista), a filha nasceu de maneira não só "natural", mas também "humanizada": graças àquela tribo, com modus operandi diferenciado, assim como os custos (elevados e não cobertos pelo plano de saúde).

Um parente dela disse que, para fugir de uma "máfia", cai-se na mão de outra. Ele não disse nada. Mas entendeu que, para a sua menina nascer, teve de "escolher" com a segunda mulher um daqueles coletivos — certo de que ambos operavam em prol de seus próprios interesses, inegavelmente "humanos".

Indígenas

Indígenas. Indígenas solitários. Fora da tribo. Ou na tribo dos indígenas isolados de si — e dos demais. Os indígenas próximos mais distantes.

Na pandemia, conforme os jornais, irrompeu um ciclone de separação de casais, que, em poucos meses, estraçalhou milhares de famílias pelo mundo afora.

Quando o vírus se espalhou, ele vivia sozinho, divorciado havia dois anos da segunda mulher. Mas conhecia o roteiro da dor e da decepção que se alternam numa ruptura conjugal; a dele nascera de uma situação particular, uma catástrofe do indivíduo, ocorrida em seu tempo, não inserida num movimento de grupo daquela envergadura. Nem aí havia singularidade em sua história: era mais um relacionamento malogrado, em meio aos pares apaixonados ou desiludidos, mas juntos, persistentes na mentira sob o mesmo teto, às vezes durante décadas, até a velhice, o que tornava a farsa ainda mais obscena.

As notícias ratificavam a explosão de amores dizimados durante o período de confinamento. O indivíduo saltava da ponte do coletivo para a vida solitária — o indígena, para não morrer, tinha de matar a tribo dentro de si.

Húmus

Às vezes, tomava o café da manhã na mesa do quintal, embaixo da mangueira. Um homem só, um desgarrado do mundo, um índio sem território (vindo do *mishoum*, não de uma estrela colorida, tampouco do objeto-sim resplandecente, um índio não impávido, nem apaixonado, muito menos tranquilo e infalível).

Sentia-se impelido a sair à rua, abraçar os riscos, caminhar de novo sobre os perigos. No entanto, urgia continuar mirando a floresta — de onde viera e para onde seguiria no futuro remoto, ou em breve.

Ali, sentado, imaginava-se na posição de um ancestral: um velho que, à porta da caverna, observava a gente nova lá fora, a experimentar a sua natureza. Já estivera naquele palco. Depois, descera à plateia. Em certa época, transitara em ambos os espaços. E, em questão de tempo, não estaria em nenhum deles. Senão no húmus da mata, servindo como a terra para dar vivacidade a uma flor, ou violência a um animal selvagem.

Homens mortos são substratos para a vida.

Fraco

Muitas e muitas vezes, sim, imaginava-se naquela posição de ancestral, à porta da caverna, preparando-se para a caça. Tinha ojeriza à violência. Apesar dos ferimentos que o mundo, ele próprio e os outros lhe causavam, não conseguira desenvolver uma couraça protetora. O máximo que fora capaz de produzir era uma pele rude, que, no entanto, depois de um tempo, requeria troca e era substituída por outra, também grossa, mas nova, e fadada ao mesmo fim. Ele era, numa certa designação compassiva, um delicado; noutra, mais bruta, um fraco — como qualquer poeta e, por extensão, como todos os artistas, mesmo os que se valiam do empuxo do corpo e das palavras para se impor sobre os demais.

Ignorava, com sinceridade, como chegara até ali, sendo tão débil. Colocado naquela posição, de um ancestral, à porta da caverna, preparando-se para a caça, mais anos, menos anos, seria estraçalhado pelos semelhantes, pelos inimigos e até, inescapavelmente, pelos animais que deveria abater para lhe assegurar a sobrevivência.

Não era um inválido, por certo, e mesmo fraco, em algumas ocasiões, de suas mãos haviam saído ações violentas e de seus lábios sentenças lacerantes.

O tecido da humanidade — com seus expurgos e massacres — resulta do traçado entre as linhas fortes e as frágeis.

Avesso

De Drummond, a crítica dizia que irrompera azedo, demolindo as pedras do caminho; depois se tornara agridoce diante da máquina do mundo e, por fim, morrera celebrando os pássaros em seus poemas.

Dele, a crítica dizia que estreara com contos edulcorados; produzira em seguida obras essencialmente sentimentais e, nos últimos lançamentos, notava-se a supremacia das histórias amargas.

Divergia da avaliação relativa a Drummond, mas concordava em relação ao seu progresso (ou retrocesso?). Sim, as suas narrativas, no início solares, foram escurecendo ao longo dos anos, e o levaram a se encontrar com quem de fato ele era, nas suas funduras. Veredito cinco estrelas como aquele — do gosto acerbo de sua literatura — punha um grão de açúcar em sua boca. A vida ácida e, de repente, uma colherinha de ambrosia.

Cama

As viagens para participar de eventos literários cessaram.

Mas ele, diante daquela cama vazia em sua casa, recordava tantas outras nas quais dormira. Algumas vezes o alojaram em pousadas singelas; outras, em resorts suntuosos, e uma ocasião, em Šibenik, num sobradinho secular.

Sempre que entrava no quarto de hotel que lhe destinavam, antes de abrir a mala, observava a cama e imaginava quem antes dele, na véspera ou em dias distantes, deitara-se lá. Um homem, uma mulher, um casal? O que pensaram, o que disseram, o que sonharam? Imaginava a forma de seus corpos, as costas sobre o colchão, a cabeça no travesseiro, os olhos mirando o teto. Compunha uma cena viva, na qual a presença humana passara por aquele espaço e desaparecera.

E o inverso ocorria agora, a solidão estava sobre a colcha da cama, na qual o filho dormira tempos atrás, e, até o mês anterior, a filha se deitara com as suas bonecas. Diante da ausência dos dois, não precisava materializá-los em pensamento — estavam em seu corpo, hospedados e se movendo, como o sangue em suas veias.

Definição

Cama: entre o berço e o jazigo, a superfície plana onde a vigília e o sono, o desejo e a apatia, o ardor e o frio, o amor e a ilusão se revezam.

Nem sempre

Nem sempre a luz incide acidentalmente. Nem sempre o peso sobre o papel o impede de ser arrastado pelo vento. Nem sempre um dia lembra outro em que reinava aquela dor astuciosa. Nem sempre a margem é o limite do rio. Nem sempre o espelho reflete uma parte do quarto do casal. Nem sempre os remendos salvam as roupas rasgadas. Nem sempre se combatem incêndios com jatos d'água. Nem sempre quem se suja de cidade ama o campo. Nem sempre a gema de um amor demora para se quebrar. Nem sempre o sol negro esplende unicamente sombras. Nem sempre os sonhos suavizam a noite. Nem sempre a solidão nos despovoa de gente. Nem sempre os ausentes fazem falta.

Desejo

Sentia o desejo ainda aceso. O impulso de se emaranhar nos lábios e braços e pernas de uma mulher. Mas, mesmo no espaço íntimo, seria obsceno — mais do que triste —, até para as paredes, o enlace dos corpos gastos em busca, um no outro, de um ramo de ardor, um pendão de prazer. O desejo o trouxera ali, àquela casa vazia, à sua vida só consigo. E o desejo poderia levá-lo a um outro (e mesmo) ali. O desejo pedia, obtinha e, depois, retirava tudo. No caso dele, duplamente. Melhor não querer nada, embora o não querer, que impede a ação, seja também desejo. Não querer, então, sabendo que poderá não ter e não se afligir. Não querer, sabendo visceralmente que a indiferença é uma prece, um pedido do não.

Sacramento

Alguém lhe perguntou onde estava o sagrado.

No profano.

A atenção, para ele, era uma forma de veneração — laica.

Daí por que reverenciar:

o toco da vela que, durante a noite, livrara-o das trevas do apagão;

os amores perdidos que ainda preenchiam a sua história;

os abraços desesperados, os finais abruptos, as separações (todas!);

a caneca lascada na qual, havia anos, bebia seu chá de hortelã;

a vista da janela que dava, aos seus olhos diários, o pedaço de mundo visível (o de dentro doía tanto que era preciso o ar de fora, o sopro sobre as feridas); o desenho tosco dele que a menina fizera (apenas um velho), deixado sobre a mesa, como prova de que não viviam juntos.

Porcentagens

70,1% do planeta Terra é água.
7% do corpo humano é sangue.
2% do PIB nacional é da indústria do sexo.
5% dos adultos tomam antidepressivos.
15% das matas ainda resistem.
1% de esperança rege o mundo.
80% (ou mais) dele já são ninguém.

Díspares

Conversou com os filhos pela janela do Zoom, os dois dentro dos retângulos, lado a lado — retratos vivos, o rapaz e a menina. Galhos dele, distintos, autônomos, libertos. Próximos e, simultaneamente, separados para sempre. Irmãos pela metade. Nem aquela inteireza, vinda do mesmo pai e da mesma mãe, ele fora capaz de lhes dar. O seu círculo familiar era formado de retângulos justapostos, e não aglutinados. O seu círculo familiar era de ângulos agudos.

Gostou, silenciosamente, de vê-los naquela tela do computador. E ouvir o que ouviu: o rapaz estava preocupado com a mãe, que, alijada do regime de teletrabalho, tinha de sair de casa, correndo o risco de contrair o vírus. A menina se atemorizava por ele, pai-velho, pai quase-avô. Sentiu-se amado, solitariamente amado. Era aquele o seu mundo: partido, quebrado, vulnerável.

Ao terminar o encontro, procurou sinais dos filhos pela casa, precisava continuar movendo as pás daquele sentimento. Então, estavam lá, lado a lado: o banco no qual o rapaz gostava de se sentar e a cadeirinha de balanço da menina; o tênis velho dele, os chinelinhos dela; e a ausência dos dois em seus olhos úmidos. Lá fora, no jardim, um vaso de samambaia, alinhado a outro, e os ramos de ambas as plantas se espichando em direções opostas.

Meio

O pai tinha voz de tenor, cantava bonito na igreja. A mãe falava baixo, o silêncio se entocava nela. Não herdara nem o canto de um, nem o desencanto de outro. O destino lhe abandonara a meio caminho das qualidades do pai e da mãe. Deixara-lhe a palavra, a poesia, a pobre e degenerada terceira via.

Uma rua

Por aquela rua passaram homens que, como o pai (e a mãe) dele, já tinham morrido, e nela não deixaram nenhuma marca — e, se existiu alguma, o tempo apagou. Assim como apagará estas linhas.

Pares

Numa das vezes em que a menina foi passar o fim de semana com ele, antes de decretada a quarentena, viu de perto a segunda mulher: experimentou uma sensação sem nome, do antes misturado ao depois. Ela lhe pareceu alegre, embora contida — difícil esconder a alegria ferida.

Ele reconheceu o velho vestido preto, os brincos que lhe dera de presente no último Natal juntos, as sandálias gastas. Mas, no pescoço, pendia uma corrente nova, assim como no rosto um sorriso inédito. No ato, ele lembrou que, à beira dos túmulos, sempre nascem flores.

O novo, às vezes, faz par não com o velho, mas com o que já morreu.

Outra definição

Esperanças: flores que não nascem mais nele.

O que não se diz

O que se diz é que a terra é o chão sobre o qual temos de caminhar, e abaixo do qual um dia seremos sepultados. O que se diz é que a terra é o elemento no qual se semeia, se cuida e se colhe o fruto das plantas que serão parte essencial para o nosso alimento. O que se diz é que as flores, inclusive os cactos e as suculentas, só vicejam se encontram terra boa, ideal para seu cultivo.

Mas não se diz que é o corpo vivo e, depois, morto dos animais, das plantas e das flores que torna a terra fértil. Tampouco se diz que os largos campos de sofrimentos adubam as nossas alegrias em grão.

Antes, depois

Fechado em casa, deu para arrumar as gavetas. Numa delas, encontrou fotos e mais fotos da primeira mulher. Ela de biquíni, sentada sob um guarda-sol, numa praia de Itacaré. Ela sorrindo com uma taça de espumante. Ela, o rosto sereno e inchado, no final da gravidez — o filho nasceria no dia seguinte. Ela com roupa esportiva, sobre o selim da bicicleta — naqueles tempos, pedalavam nos fins de semana. Eram imagens, todas, anteriores ao divórcio. Nenhuma flagrando um instante bélico do casal. Nenhuma revelando a face de ambos como uma paisagem arrasada. Nenhuma a insinuar a dor após o rompimento. Fotos de uma era, para ele, milenar, soterrada pela crosta do passado. O amor que houve e não mais existe, para ele, talvez nunca tivesse existido. Se há um deus misericordioso, seu nome é esquecimento.

Brechó

Como se fosse possível ele deixar o corpo num brechó, para que outro homem, ao vesti-lo, sentisse o rasgo que a primeira mulher havia causado.

Como se fosse possível ele buscar num brechó uma alma para substituir a que se despedaçou quando a segunda mulher o partiu.

Próximos

A primeira mulher, depois de alguns anos do divórcio, encontrou um companheiro que foi morar com ela e o rapaz, então menino. Os três no apartamento que ele comprara e vivera até antes de ir embora.

A segunda mulher, apesar de ser recente o divórcio, certamente — ele poderia apostar! — buscaria um homem que, talvez, fosse morar com ela e a menina. Os três na casa que ele comprara e vivera até antes de ir embora.

Não se entristecia com os imóveis cedidos às duas mulheres, para que vivessem com os filhos dele, tampouco que, mais tarde, outros homens os ocupassem, quando poderia ser o contrário — elas se mudarem para a casa dos novos maridos.

Não se entristecia que ambas as mulheres se reabrissem para outro amor, nem que reconquistassem a alegria perdida com ele.

Mas se entristecia porque o companheiro da primeira ganhara a convivência diária com o rapaz; e, futuramente, o da segunda viveria a semana inteira com a menina, e não apenas os sábados e os domingos que cabiam a ele.

Não doía a perda dos dois imóveis; doía não desfrutar com os filhos as horas que viviam (e viveriam) com seus pais postiços.

Equilíbrio

Na primeira separação, não havia mais amor da parte dele. Mas havia o da mulher. Entre os dois, o rapaz.
    Na segunda separação, não havia mais amor da parte da mulher. Mas havia o dele. Entre os dois, a menina.
    A separação ideal é quando não há mais amor de nenhum dos lados, nem filhos no meio. Mas, então, nem é separação — é duplo desengano.

Fósseis

As horas felizes — divididas com a primeira e a segunda mulher — estavam soterradas, como fósseis, na memória. Lá permaneciam como restos de um tempo vivo, sedimentado pelas lembranças. Materiais raros comprovavam, contudo, que existira amor em períodos anteriores à sua vida atual.

A santíssima trindade real

Terminada a crucificação de Cristo, o povo se dispersou. Sob a tempestade que se formava no horizonte, apenas três pessoas permaneceram no calvário.

Três mulheres.

Maria, a mãe — porque, tendo-o em seu ventre (graças ao sêmen de José ou do Espírito Santo?), esperava (toda mãe espera) que o filho realizasse algum milagre, naquele contexto o prodígio de ressuscitar, o que não ocorreu, senão três dias depois.

Madalena, a amante — porque, deitando-se com ele, acolheu seu sêmen e poderia gerar um filho, o que também, sabemos, não aconteceu.

Nada registram as escrituras a respeito da terceira mulher. Quem seria ela? Por que se manteve lá, chorando, como as outras duas, ao pé da cruz? As escrituras somente registram que, para um homem, só existem a mulher que o gerou e a mulher que lhe dará filhos.

Para ele, é nessa terceira mulher, desconhecida, que reside o mistério da santíssima trindade.

Para a terceira mulher que ele não terá

Em condições normais, a temperatura do corpo humano é 36,7°C. Por isso, o que jorra de seu interior é quente: o sêmen, o sangue, a lágrima. Inexplicavelmente, as palavras que saem das mãos dele, quando destinadas a ela, fervem como água ao atingir o ponto de ebulição.

Músicas

Irrompiam, naqueles tempos de danação, dicas de músicas calmantes que aportavam na caixa de entrada de seu Outlook:
    The deepest healing theta frequency
    Regeneration cells and repair DNA
    Let go of all negative energy
    Restore balance and calm
    Music by simply hypnotic
    Vibration with spirit guides
    The god frequency
    Connect with spirit solfeggio
    Wish and receive anything from universe
    Law of attraction, binaural beats
    Frequency of gods
    Ele acessava os links do YouTube e tentava ouvi-las. Mas, para os ouvidos de um herege, aqueles sons rumavam para a direção oposta, eram doces demais e, em vez de abrandar, irritavam, irritavam, irritavam, expandindo sua consternação.

Feras

Em sua fase rosa, entusiasmado com as novidades da musicoterapia, interessava-se pelos benefícios que o som, na frequência precisa, produzia na alma. Escutava CDs de músicas para estudar, meditar, serenar.

Veio, então, a fase branco gelo, na qual as crenças dele foram esfriando, estraçalhadas pelas nevadas constantes da desilusão.

Sonhava à época com uma playlist para desenganar, mas só existia aquela para dormir.

Agora, ansiava pelos sons feitos para desagradar. Não a música das esferas, mas a das feras.

Rádio

Descobriu também, por acaso, que havia não apenas uma, mas várias estações de rádio milagrosas, em sintonia com as ondas divinas. Ouviu trechos do programa de cura de uma delas, com relatos extraordinários, em tom bíblico, de fiéis contaminados pelo vírus, mas que, rezando ao Senhor, tinham derrotado a morte — vitória estranha, pois a morte, segundo a religião que professavam, os levaria a um reino maravilhoso, de felicidade eterna junto ao Pai Todo-Poderoso. Por que adiar o encontro com o Criador da Ordem Suprema? A que mundo ardiloso ele fora trazido pelos pais — e, repetindo o desacerto, trouxera seus dois filhos!

Senha

Enquanto a pandemia grassava lá fora, e, em sua casa, reinava a angústia asfixiante, ele sabia como saltar para a terceira dimensão, o dentro-fora do mundo, o fora-dentro de si mesmo: diante do teclado do computador, ou deitado no sofá, de súbito se encontrava na gávea de uma nau em alto-mar, abraçado pelo vento frio que serpenteava no cume de uma montanha, viajando num trenó puxado por cachorros numa vereda de Ushuaia sob a neve noturna, em meio a um baile na Viena do século XIX, jagunçando com Riobaldo e se banhando no rio com Diadorim, à margem de um vulcão numa expedição científica, no *souk* de Túnis, comprando especiarias, diante de uma moça num imóvel vazio à espera da chuva (e do desejo) passar, chegando em lombo de camelo a um vilarejo da antiga Pérsia, inerte para receber uma carícia da segunda mulher que seu corpo nunca esqueceu, na superfície de um planeta onde experimentou uma emoção ainda sem nome, num igarapé da floresta tropical prestes a atirar a lança numa serpente d'água, em algum território onírico ou numa antiga herdade portuguesa, tendo alguém aos seus pés ou totalmente sozinho, flutuando num hidroavião que decola do rio Mekong, perdido entre os excrementos dos estábulos de Álgidas e em mil e outras situações.

Simples a senha para acessar todas elas: ler-ou-escrever.

Explosivos

Se precisasse escolher entre os dois verbos da senha, ler-ou-
-escrever — embora ambos fossem regidos pela mesma frequência —, preferiria ler, não escrever, e, muito menos, falar. Porque se as palavras eram o seu arrimo, também eram (e continuavam sendo) a sua destruição. Matéria sutil e invisível, de repente ganhavam a potência arrasadora dos mísseis. Mais do que os atos dele, as palavras arrebentaram seus casamentos, suas amizades, suas relações gregárias. Mas não foram unicamente as de seus lábios, a elas se somaram as de outras pessoas, com quem interagiu, e, juntas, explodiram como bombas em campo minado. As palavras, com face maliciosa ou ingênua, representam, mais do que qualquer outro artefato humano, a ferocidade da delicadeza.

Provérbios

Da nova série Na Contramão, revendo provérbios cristãos: o Senhor não é o meu pastor, Ele nada me dará; a glória de Deus não está nas coisas encobertas para que os homens as descubram, a glória não existe; de pouco adianta tirar a escória da prata, seu brilho de metal é vil e fugaz; não há reis e ímpios, há apenas ímpios; a infâmia é o sangue que irriga os laços humanos, mesmo que tarde, um dia ela estoura a artéria das relações por conveniência; falso é o testemunho de quem diz que existem canções capazes de serenar os corações aflitos.

Corações

Aliás, num momento de ligeira reflexão, ele imaginou que deveria ter dois corações, assim como tinha dois pulmões, dois braços, dois olhos. Na insuficiência de um, o outro seguiria batendo, mesmo sobrecarregado.

Mas logo sufocou a sua estultice: se tivesse dois corações, a chance de que ambos fossem alvejados pela mesma doença era de mil em mil. Não há espaço nos homens para meias desgraças.

Imóvel

Houve, no entanto, como esperado pela lei da desigualdade que não cessava de atuar com a força perversa dos homens, quem tivesse prosperado, enriquecido, estourado de lucros naqueles meses. Novas formas de produzir capital, de ganhar com a perda dos outros, surgiram.

A pedra fundamental de qualquer fortuna é sempre lançada em meio à derrocada. Do ventre das calamidades nascem os impérios.

Contudo, há quem não melhore, nem piore. Há quem siga estagnado. Há quem nunca — como ele — se descole do infortúnio médio.

Lápis

O poeta cunhara o termo auferidor de encantamentos. Ele se sentia o oposto: fabricava, até sem querer, desencantos.
    O poeta inventara o abridor de amanhecer, a fivela de prender silêncios, o parafuso de veludo e outros desobjetos. Ele nada inventara: a realidade fazia dele um apontador da própria solidão.

Ponta

Mas se a ponta do lápis se quebrava com facilidade, uma vez ainda íntegra e em ação, podia deixar um desenho ou uma história sólida, que não se esfarelasse de imediato no atrito com o papel, e muito menos nas folhas da memória.

Só

E a solidão era, naquele trecho de sua vida, uma dádiva, se essa palavra estivesse desprovida de seu sentido religioso, já cristalizado, que a ele não mais agradava. A solidão era menos um estado (provisório) de espírito, e mais uma condição (permanente) de serenidade. Um cume alcançado graças aos amores vividos (e amortecidos), um passo para o além das relações inevitáveis com outras pessoas — fadadas ao fim, como de fato aconteceram.

Não

Não sofria por viver só. Não sofria por fazer o serviço da diarista, que continuou pagando sem que ela viesse trabalhar. Não sofria pela curvatura de quarenta e cinco graus da coluna — habituara-se tanto às velhas dores que quase não mais as sentia. Não sofria pela visão parcial, pelo refluxo esporádico, pelo corpo quase sempre, ao fim do dia, lasso.

Sofria (embora também gozasse) por existir. Um sofrer sem cura, enquanto o coração batesse no mesmo ritmo, de segunda a segunda, e só acelerasse quando faltavam uns minutos para ver o rapaz e a menina pelo Zoom.

Perigo

Diziam que o perigo maior estava nas ruas, nas aglomerações, nos abraços. Mas, com o passar dos meses, a violência contra mulheres, idosos e crianças só aumentava. Dentro das casas, encerradas longamente como ratos em gaiolas, as pessoas começavam a se socar, a se espancar, a se comer.

Ele vivia só e não corria risco daquele tipo de agressão. Mas o perigo continuava lá fora e também dentro de sua casa: ele poderia se ferir de si, como acontecera outras vezes.

Coração

Quando a pandemia recrudesceu em algumas partes do mundo — em seu país, a vida cotidiana não voltara ainda à normalidade, se é que haveria alguma depois daquele flagelo —, o homem mais rico do planeta, tendo investido na fabricação de um foguete, anunciou a primeira viagem de pessoas "comuns" ao espaço sideral.

Ele recordou a infância, quando viu pela tevê Neil Armstrong pisar na Lua. Se fizesse um passeio daquele, entre as estrelas, o que sentiria o seu coração velho e terrestre, fora do solo onde se constituíra — pedaço de carne que mal cabia na palma da mão? Como o corpo exilado reagiria a outro exílio?

Às vezes, sentia-se tão longe de tudo — do passado, da verdade, do desejo, exceto, claro, do futuro final — que se via fora da Terra, numa galáxia muito além daquela até a qual a nave do bilionário poderia levá-lo e, ao mesmo tempo, tão dentro, quase enterrado na sua antiga floresta de origem — *vanprash!*

O inventário

Escreveu o *Inventário do azul* antes da prisão caseira, na qual foi atirado pelo confinamento, e o entregou à editora dias depois que as autoridades decretaram a quarentena. Julgou que o livro tardaria para ser publicado, o relógio do mundo se atrasara na linha à direita e à esquerda de Greenwich, mas, surpreendentemente, a obra se manteve na correnteza da produção e, meses depois, ganhou luz, vida e crítica.

Embora não planejasse continuar se "inventariando" num segundo volume, seguiu escrevendo o que estava vivenciando, talvez porque o azul permanecia celestial, enganando a todos com a sua beleza. Seguiu escrevendo essas linhas inevitáveis, como as etapas da cadeia alimentar, que dá sequência, com a morte, à vida. *Inventário do azul*, nem bem nascido e já morrendo, novidade que, aos poucos, ia ficando para trás. Como, aos poucos, ele, escrevendo, também se afastava, mais uma vez, do precipício cotidiano, ainda que avançando na direção de sua terra (final) prometida.

Vacina

Chegou a sua vez de tomar a primeira dose da vacina. Escolheu o posto de imunização improvisado na garagem de um clube de grã-finos próximo ao seu bairro — sempre os pobres nas proximidades dos ricos. Nem precisou sair do carro: apoiado ao volante, recebeu a injeção no braço esquerdo, agradeceu e voltou a casa rapidamente.

Nas redes sociais, pessoas conhecidas postavam fotos daquele momento (em parte) salvador. Comemoravam, vibravam, quase gozavam. Ele as compreendia, mas queria o silêncio, isolar-se da mídia, entocar-se. O vírus da exposição tinha efeitos letais. Alguém certamente diria que, em contrapartida, o vírus da introversão, dos que se deixam à margem dos fatos, omissos ou não, era uma estratégia também de exposição, praticada pelos espertos.

Mas qual o problema de ser discreto não por artimanha, mas por cansaço, indiferença, desejo de solidão?

Fodam-se, ele pensou.

Queria apenas viver a seu modo, calar-se a seu modo, recluir-se a seu modo. E se vacinar contra os julgamentos alheios — que talvez não fossem (nem seriam) tão cruéis quanto os dele próprio.

Dialética

Da nova série Na Contramão: às vezes, sentia que as sombras eram salvadoras; as luzes, perdição.

Síntese

O consolo (?) é que sempre um raio de sombra se infiltra no império da luz.

Disfunção

Uma noite, por acaso, apareceu um post numa das redes sociais que ele mantinha, quase inativa, pois há muito se desencantara com o mundo maravilhoso que "os amigos" lá fabricavam com fotos esplêndidas de suas viagens, suas performances musicais, suas roupas lindas. O título do post chamou a sua atenção, e ele se agarrou à poeira de lembrança de seus tempos de publicitário: "A verga vai crescer". Clicou na expressão "saiba mais" e apareceu uma longa matéria sobre disfunção erétil, com depoimento de médicos a respeito dos milagres de Eretrol. Além de melhorar a ereção, a fórmula mágica, se consumida durante três meses, aumentava o pênis de sete a quinze centímetros. Ele ficou grato àquela publicidade, que lhe abriu um sorriso em meio ao enfado: a falácia era mesmo uma sublime invenção humana. Mas o fato teria soçobrado na insignificância não fosse o algoritmo que, nos dias seguintes, derramou em sua "linha do tempo" posts de outras maravilhas similares ao Eretrol, cujos títulos dizem por si: "Elas vão pedir arrego"; "Duas horas sem parar"; "Banana gigante". Ocorria também uma disfunção no algoritmo, que oferecia a ele o que não mais o interessava. Como a carne, o algoritmo é triste.

Emendas

Como não sabia fazer as alterações por meio do programa Word, fazia-o a seu modo arcaico.

    Emendas na primeira prova de pdf do romance *O armazém do sol*.
    p. 19, penúltima e última linhas:
    A frase "É pro bolo não grudar no fundo da forma" deve ser em itálico.

    p. 23
    No primeiro parágrafo, cortar "como eu" para eliminar o cacófato (moeu): a frase então fica: "movendo as pernas, impacientes; talvez estivessem pensando no rito que viveríamos dali a pouco"…

    p. 59, penúltimo parágrafo:
    Na frase "e a me alertou para caprichar sempre no acabamento", cortar o "a". A frase certa é: "e me alertou para caprichar sempre no acabamento".

    p. 62
    No final do primeiro parágrafo, colocar no plural a palavra "graça", para tirar a ambiguidade de foi uma avalanche gratuita: avalanche de graças.

p. 63
Mudar o nome do palhaço Birinha para Palitinho.

p. 78
O verbo é mesmo "elevar", e não "levar".

p. 88
Na frase "íamos vivendo e morrendo, aos poucos, e a toda, entre perguntas e não respostas", incluir a palavra "hora": "íamos vivendo e morrendo, aos poucos, e a toda hora, entre perguntas e não respostas".

p. 111
Corrigir a frase "Naquela tarde, com **a** frutas roubadas pela última vez na Fazenda Estrela". O certo é "Naquela tarde, com **as** frutas roubadas pela última vez na Fazenda Estrela".

Assim, ele se virava como conseguia, mas desejava aprender: tinha ainda algum tempo (quanto?) de se emendar.

Nódulo

A palavra não é de carne e osso. A palavra machuca a pele dos fatos, disseca o sistema do silêncio, arranha o sentido misterioso das coisas. A palavra vai à medula da saudade e ali se aninha — nódulo oco.

Mimese

A palavra pênis diz "eu te quero" para a palavra vulva, que lhe devolve, na mesma língua, igual declaração. Assim, e com mil outros exemplos possíveis, ele aprendeu que as palavras se aproximam, se friccionam e se destroem, como os sonhos e os amores.

Nomes

Tinha ido com elas, a primeira e a segunda mulher, a lugares cujos nomes ele, na ocasião, pronunciara distraidamente, sem que a alma degustasse, de corpo inteiro, o seu expressivo significado: horto da Paz, monte Alceste, praça das Nuvens, jardins Dourados, chalé Luar, ponte das Romãs, beco das Camélias Ardentes, quarto dos Pássaros, rio das Fadas, canto de Shiva, estrada Celestial, hotel Pandora, bosque dos Anjos — e rua dos Namorados, onde, no 13º Cartório Civil, ele averbou os dois divórcios.

O engodo das palavras

Aviso-te, eu que vivo das palavras, para tomar cuidado com elas.

Quando digo "sol", nem sempre minha língua arde.

Quando digo "tangerina", tampouco sinto seu gosto cítrico.

Quando digo "beijo", minha salivação não aumenta.

Quando digo "eu", vejo-me em silêncio com você.

Quando digo "viagem", minhas pernas às vezes sequer se movem.

Quando digo "amor" — e aí a antítese superlativa —, o travo amargo inunda minha boca.

Língua oficial

Nunca conseguiu falar bem inglês nem espanhol. Ainda assim, com seus escassos conhecimentos desses dois idiomas, girou o mundo. Girou e aprendeu, enquanto envelhece, que mal sabe usar a sua própria língua, portuguesa, para se expressar — embora, como escritor, viva diariamente das palavras.

Agora vem cursando o último módulo, o mais avançado, de um idioma ao qual há anos ele se dedica plenamente: o silêncio.

Raios

Esquecer — forçosamente, mesmo se fosse preciso tampar a fresta pela qual a razão tenta explicar o mistério —, esquecer a lógica dos ciclos.

Dormira cedo, o calor do alto verão o entorpecera e, ao despertar, o vazio dos sonhos ocupou a sua consciência. Era dia, mas nele ainda persistia o escuro.

Até que, de repente, quando abriu a janela do quarto e deu os primeiros passos pela casa, eis que, desafiando as circunstâncias, sem motivo definido, uns raios de alegria amanheceram nele.

Ninho

Já noutra noite, sentou-se na cadeira da varanda, sem camisa, e, felizmente sem o ataque de pernilongos, leu capítulos de um livro até altas horas. Com a janela aberta do quarto, adormeceu, lambido pela brisa que se insinuava.

Acordou sereno, desprovido das novas inquietações e sentindo que um tampão vedava a passagem dos velhos e calcinados dilemas para o seu espírito.

Mas, depois de se lavar na pia do banheiro e erguer os olhos para o espelho, de súbito notou, como uma ruga nascente, o desengano fazendo ninho em seu rosto.

Flor

Viu um post no Facebook com a transcrição do poema "A flor e a náusea", de Drummond. Recordou das margaridas: as flores e as mulheres — garis de sua cidadezinha, assim chamadas pelo uniforme branco e amarelo que usavam.

O poeta tinha razão: a náusea é um broto da condição humana. E as flores podiam nascer nos lugares mais improváveis, entre as gretas do asfalto e até mesmo (apesar de tudo) no coração dele.

Muralha

A segunda mulher argumentara, na sessão da terapia de casal, que certas palavras, ditas por ele nos anos de convívio, haviam construído uma muralha entre os dois, que ela não conseguia ultrapassar e que, assim, os afastara definitivamente.
    Mas ela não disse que outras palavras, anteriores, ditas por ele nos anos de convívio, ergueram a fortaleza onde os dois se uniram ao ponto máximo, se entregaram e se amaram, até que começassem, juntos, a destruí-la com empenho mudo.

Pedido

E havia aqueles dias em que se sentia tentado a pedir, finalmente, ao Ministério da Esperança a suspensão de seus malefícios.

Vizinhos

Mal os conhecia: o casal do sobradinho à sua direita, a mulher e os dois meninos da casa à sua esquerda, a família do outro lado da rua, que ele observava de sua varanda. Também não sabiam quem ele era.

Naquela reclusão, pensou em lhes oferecer alguma ajuda, sem saber se precisavam, e se acaso teria como corresponder a uma real solicitação.

Mas podia propor a eles o que diariamente fazia por si: transportar com as palavras, para a leveza do papel, os seus pesares.

Especialista

A imprensa, todos os dias, trazia a posição de especialistas em relação aos protocolos sanitários e aos cuidados higiênicos. Eram epidemiologistas, pneumologistas, intensivistas, cardiologistas, neurologistas, psicanalistas, vacinistas, antivacinistas, comentaristas, cientistas etc.

Ele não era especialista em nada, nem mesmo em si. Mas ali estava um desafio: tentar, já velho, especializar-se em se autoconhecer, em compreender-se e, se ainda houvesse tempo, perdoar-se.

Especialidade

Soube que a chuva feroz e o vento revolto da noite anterior haviam destelhado casas do bairro, derrubando inclusive uma delas, das mais antigas da rua.

Encostou a escada no muro do quintal e subiu uns degraus, o suficiente para avistar a casa destruída lá adiante.

Moradores, atrás dos cordões de isolamento estendidos pelos bombeiros, contemplavam, atônitos e hipnotizados, os destroços.

Ele não precisou senão de uma mirada para entender a cena, era algo comum que observava em sua vida nos últimos tempos.

Então talvez estivesse errado em relação a não ser especialista em nada. Talvez a sua especialidade fosse suportar, sem se ressentir nem culpar agentes externos — a chuva feroz e o vento revolto vindos das pessoas —, os seus próprios desabamentos.

Sopa

E uma noite, atravessando o véu dos tremores, o rapaz, corajoso, trouxe à sua casa, inesperada gentileza, um tupperware de sopa feita pela mãe. Ela, a primeira mulher, era apenas dois anos mais "nova" do que ele; estava também à beira dos sessenta. Minestrone, a preferida de ambos. Pelos cálculos, fazia quase vinte anos que estavam separados — aniversários de divórcio também deveriam ser comemorados. Saboreou a sopa com satisfação — incluindo a aliteração —, recordando-se da mulher, do mundo que haviam atravessado juntos e que não mais existia senão para os dois, como uma chispa na memória. Agradeceu silenciosamente a ela pela surpresa, quando levou à boca a última colher de sopa. Os velhos, mesmo distantes, se entendem, se conectam, preservando, com atos aparentemente comuns, gotas do passado que os uniu e se dissolvem no esquecimento.

Pizza

Duas semanas depois, ocorreu outro fato semelhante: tocaram a campainha da casa, quando anoitecia e ele iria tomar banho. Vestiu a máscara, foi até o portão atender e, milagrosamente, não era nenhum entregador da Amazon, mas um motoboy da Pizzaria Speranza (notou a ironia do nome em relação à sua vida e à conjuntura mundial). Descobriu, depois, que o "presente" fora iniciativa da menina, com a ajuda da mãe — que fizera a compra com o dinheiro que ele enviava mensalmente, a pensão alimentícia da filha. Marguerita, a preferida de ambos. A segunda mulher era bem mais "nova", completara quarenta anos. Pelos cálculos, fazia quase dois que estavam separados — aniversários de divórcio também deveriam ser comemorados. Agradeceu silenciosamente a ela, quando levou à boca o primeiro pedaço de pizza. Velhos e jovens se entendem por algum tempo — no caso deles, durante 5362 dias.

Para-choque

Os protocolos de saúde, em especial o distanciamento mínimo entre as pessoas, 1,30 metro, o levaram à infância, quando gostava de ver as frases escritas no para-choque traseiro dos caminhões que cortavam sua cidadezinha. A maioria engraçadas, algumas agradecendo a Jesus pela proteção, uma e outra de teor erótico. Mas aquela que ele mais apreciava, pela ordem simples (ou pelo rogo) que enunciava, sem saber o quanto ecoaria em sua vida, era "Mantenha a distância".

Em muitos trechos de seus relacionamentos, com mulheres, amigos, companheiros de trabalho, seu corpo lhes dizia "Mantenha a distância". Seu corpo dizia, em silêncio, que estava apto para os abraços, mas que havia sempre os riscos de alguém (próximo) se ferir — quando não, às vezes, todos ao seu redor.

Ratos

Dias depois, quando viu a menina pelo Zoom, a ternura o atravessou feito uma lança ao notar a voz rouca dela, a tosse, as olheiras no rosto tão criança. Sinais da bronquite que ela herdara da mãe — ao menos não havia só coisas boas daquele lado, nem só legados nefastos para ele deixar aos filhos. Mas a ternura, tanto quanto a ira, não se revelava mais explicitamente nos velhos, então ela nem percebeu o amor dele doendo enquanto a observava, calado. No intuito de agradá-la e retribuir, com uma ação carinhosa, pela pizza de marguerita, ele comprou no site de uma loja uma pipoqueira elétrica, vermelha, Disney Mickey Mouse, que ela há tempos desejava, e informou o endereço da segunda mulher para a entrega. Nas vezes seguintes em que conversaram, estranhou que a menina não mencionara o presente. Às ocultas, depois de um mês, comentou o assunto por telefone com a mãe dela, que lhe garantiu não ter recebido nenhuma pipoqueira. Ele se movimentou para reparar o problema, mas não adiantou acionar pela internet a Amazon, o Procon, o Reclame Aqui. Então desistiu. Mesmo porque, se comprasse outra pipoqueira e entregasse nas mãos da menina, não produziria nela mais do que uma alegria velha, fora do tempo. Os ratos continuavam pelo mundo, roendo a felicidade das pessoas e se apropriando até de seus menores sonhos.

Imprevisto

A segunda mulher lhe disse, a respeito do extravio da pipoqueira: *imprevistos acontecem*. Sim.

No entanto, ele acrescentou, os imprevistos faziam parte do previsível, como alternativas possíveis, tanto que às vezes aconteciam, justo quando ninguém esperava.

Acrescentou que, no passado, ela o amava, e o expressava com tanta veemência que ele baniu a possibilidade do imprevisto.

Mas ela, um dia, abandonou-o. Uma escolha óbvia que ele, ao contrário da própria filosofia, esquecera-se de considerar — já que era comum a separação entre um velho e uma mulher vinte anos mais jovem.

Diferença

Para ela, aos quarenta, era possível um novo amor.
Para ele, aos sessenta, era possível só o desamor.

Alternativas

Avistou, do quintal, onde passava parte do dia ao ar livre, o capacho no varal da casa vizinha. *Lar doce lar.* Se tivesse um à sua porta — na soleira havia apenas um pano de chão —, o adjetivo seria outro. Ocorreram-lhe alguns:
    a) amargo
    b) triste
    c) pobre
    d) estranho
    e) nda

Nda

Então qual seria o adjetivo?
    Era preciso?
    Não bastava o vazio que reinava ali — mas que o ocupava incessantemente, e com o qual ele preenchia a sua escrita —, não bastava a sua constituição de não lar, que se mostrava, silente, por si só — o seu lugar semifinal no mundo?

Nudez

Mas havia dias em que despertava nu de sonhos, de lembranças, de expectativas. O que era uma dádiva, por sorte não das enganosas, divinas. Uma dádiva, humilde e ao mesmo tempo sublime, advinda unicamente da condição humana.

E, para além daquela nudez, ele se rejubilava por despertar virgem de tristeza.

Ao longo

Embora, ao longo do dia — jamais se enganava —, alguma insatisfação haveria de brotar do nada e defloraria a sua paz.

Dedicatória

Dedicou histórias para seu pai (que já havia morrido), para sua mãe (que depois também se foi), para os filhos (que sobreviveriam a ele).

E dedicou histórias às duas mulheres (que o abandonaram).

Gabo dedicara vários de seus romances à esposa, não apenas *O amor nos tempos do cólera*: para Mercedes; para Mercedes, é claro; para Mercedes, por supuesto.

Também Saramago, depois que a conhecera, dedicara todas as suas obras à segunda mulher: à Pilar, à Pilar, à Pilar... Contava-se, inclusive, que, anos depois, na reedição de seu primeiro livro, dedicado à primeira mulher, retirara o nome dela, substituindo-o pelo de Pilar.

As homenagens ficam, as pessoas passam. Mas, ao contrário, as homenagens deviam passar — e as pessoas permanecer.

Velhos, vivos

Os eventos literários presenciais foram substituídos pelas "lives", entrevistas remotas, em tempo real. Um linguista reclamava do termo inglês que as disseminara, ao referenciar uma transmissão "ao vivo". O país, preso ao continuum da colonização, dizia o indignado acadêmico, ajoelhava-se mais uma vez ante o idioma estrangeiro.

Embora não fosse um dos escritores mais-mais, começou a receber convites para participar de lives, rodas de conversa, mesas-redondas. A conjuntura asfixiante, pela força dialética, gerava uma explosão de iniciativas; as pessoas inventavam todo tipo de encontro virtual, não importava quem expunham em suas promoções, queriam o aceite imediato dos convidados, que no mesmo dia enviassem por e-mail minibiografia e foto — meses depois, pediriam, quase suplicariam, que gravassem vídeos de um minuto, com o próprio celular, na posição vertical, pois queriam iniciar a divulgação, e, sobretudo, desincumbir-se daquela tarefa e, sequiosos (ou obrigados pela sede das empresas), já se lançar a novos projetos, empreendimentos, assédios.

Ele atendia algumas demandas, a maior parte não remunerada, escolhendo-as à luz de seus critérios íntimos. Assim, "esteve" em muitos bate-papos com crianças de escolas públicas, em debates no "auditório" de faculdades de letras, em "palcos" de festas literárias, em "salas" de bibliotecas, em "pátios" sem sol junto a presos (que se valiam da leitura para remição de suas penas) e em "quartos de hospital" com doentes terminais.

Surpreendeu-se com o convite para participar de um simpósio de cuidados paliativos — seus livros, obsessivamente lastreados de perdas, mortes e lutos, garantiam-lhe o chamado; claro, *Macbeth* atrai mais atenção que *A comédia dos erros*. O tema do painel que integraria, com uma médica e um capelão, era "onde está o seu sagrado". O sagrado, em seu caso, vinha se deslocando pelos anos afora, movendo-se vertiginosamente do céu para a terra; o sagrado estava quase fora de sua vida, como a vida estava quase fora dele.

Não se surpreendeu com os pedidos para dialogar com membros de clubes de leitura, em especial gente da terceira idade. "Esteve" lá com eles, velhos, vivos, e ao vivo (embora alguns já estivessem mortos, e todos invariavelmente morrendo àquela hora). Surpreendeu-se que, nem entre os seus iguais, sentia-se acolhido. O exílio era o seu estado azul, a sua *vie en rose*.

À beira, no fundo

Assistiu, no telejornal, a uma matéria sobre as praias vazias, vedadas aos banhistas em virtude do confinamento. Por algum labirinto da memória, veio-lhe à mente que a primeira mulher nunca aprendera a nadar, entrara poucas vezes no mar e, quando o fizera, fora de mãos dadas com ele, permanecendo no raso, sem experimentar jamais o estalar das águas sobre o corpo, a força primitiva daquele outro azul. A segunda mulher nadava no estilo clássico, com elegância, mas, tímida, preferia se deitar numa espreguiçadeira e tomar banho de sol na praia ou na piscina. As duas se posicionavam à beira — enquanto ele, invariavelmente, ia ao fundo, a ponto de, numa manhã de ondas fortes, quase se afogar — dois salva-vidas o recolheram, sob o rugido de um helicóptero de resgate, que lhe causou mais constrangimento do que alívio. O estado normal dele era o de se afundar, fosse onde fosse, a qualquer hora — na escrita, no devaneio, na procrastinação, e até mesmo, se preciso, na superficialidade.

No fundo, também à beira

Mas as exceções não o poupavam, como a ninguém: assim, por precaução, ou alheamento, às vezes também se punha à beira.
 À beira da vertigem, à beira da preguiça, à beira do conformismo. Bem no fundo do quase. Até que o corpo lhe desse a ordem para se atirar, de novo, dentro do poço.

Dentro

Mesmo se não quisesse, não sabia senão viver dentro. Dentro dos dilemas (mesmo os dilemas à sua margem), dentro da aflição que lhe cabia (e também de seu correlato contentamento), dentro da misericórdia pelos outros (mas não da autopiedade), dentro de cada página de suas obras (espalhando nelas a sua face verdadeira e as máscaras adequadas ao instante), dentro de seus menores e maiores feitos — e dentro, claro, de suas próprias ruínas.

Sincronicidade

Impedido de sair à rua, começou a limpar gavetas, rasgar papéis, varrer restos do passado que, feito pó, grudavam dentro dos móveis, criando uma película opaca, rançosa, súplice para ser eliminada.

Certa manhã, encontrou a sua própria situação, em cifras, numa (prosaica) revista de palavras cruzadas que achou entre os livros de sua estante.

Isolado, 9 letras: solitário

Sem pai nem mãe, 5 letras: órfão

Compasso de..., 6 letras: espera

Chega de..., 7 letras: saudade

Verde + amarelo, 4 letras: azul

Morte, 3 letras: fim

O bem maior, 4 letras: amor. Mas, para ele, deveria ter duas letras a mais: filhos.

Grãos

Na compulsória arrumação, encontrou folhas amassadas com desenhos (em verdade, borrões) feitos pela menina e dedicados a ele por ocasião do Dia dos Pais. Grãos de afetividade represados em papéis velhos, dos quais, mesmo se tentasse, não conseguiria se desfazer.

Fogo

O tempo ensinaria a menina a fazer desenhos mais bonitos, ou menos rudes. O tempo é o fogo que cozinha o aprendizado. O tempo, ele pensava, nos ensina a fazer o que não sabemos (histórias, casas, filhos), enquanto vai nos desfazendo.

Abismo

Também encontrou, no meio de uma agenda velha, a foto em que aparecia com outros escritores, quando, numa tarde de sábado, estiveram na festa do livro de uma escola pública na periferia da cidade. Na ocasião, conversou com um jovem que havia publicado dois livros, e sobre o qual se dizia que era uma promessa literária.

Jogou a agenda no lixo e guardou a foto.

Dias depois, leu no jornal sobre o suicídio do jovem escritor. Mais uma vez ele estremecia, de súbito, pelo susto da perda e a consequente tristeza que produzia. A promessa literária se atirara do oitavo andar de um edifício.

Tantas vezes se sentira a um passo daquele salto para o nada. Mas a atração nunca fora fatal. Também, por sorte, os abismos não o desejavam (ou não o suportavam) totalmente.

Duas cenas

Uma tarde, resolveu pôr o carro, parado na garagem, para funcionar. Deu a partida, o motor pegou na segunda tentativa, e ele ficou ao volante, reconhecendo aquele som que há tempos não ouvia. Olhou pelo retrovisor e viu o portão fechado. Quando ele e o rapaz voltavam para casa de um passeio, flagrava aquela mesma cena ao estacionar o carro, e, pelo retrovisor, avistava o filho fechando o portão. Um dia, aquela vida, trazida ao mundo por ele, ali, movendo-se; noutro dia, a sua ausência, embora não definitiva, como a figura principal de um desenho recortado por tesoura. Não um lampejo do vazio, mas a sua sólida presença.

Depois, apanhou o irrigador de jardim, giratório, ligou-o para regar a grama. Ficou observando os jatos circulares d'água. Nos sábados de sol em que ele e a menina estavam juntos, ligava o irrigador só para a filha se refrescar, e ela se divertia, saltitava, ria alto, às vezes gritava de alegria. Um dia, aquela vida, trazida ao mundo por ele, ali, movendo-se; noutro dia, a sua ausência, embora não definitiva, como a figura principal de um desenho recortado por tesoura. Não um lampejo do vazio, mas a sua sólida presença.

A memória abria seu portão, borrifando lembranças mais vivas que as cenas verdadeiras, de onde eram derivadas. A saudade permanecia estacionada nele.

Tontura

Mas, certa manhã, enquanto coava o café, sentiu-se subitamente estranho, como se estivesse fora do ar. A impressão logo se dissipou, para, mais tarde, retornar em pequenas ondas de tontura.

Então, pensou, se tropeçasse no tapete da sala e caísse, se necessitasse de ajuda para se levantar, se desmaiasse, quem o socorreria? Quem descobriria que, naquela casa silenciosa, um velho perdera a consciência? Quem chamaria a ambulância? Quem preencheria a ficha no hospital? Quem autorizaria a internação? Quem telefonaria para o plano de saúde? Quem avisaria seus filhos?

Só ele podia fazer algo por si. Aquela era a sombra que pairava sobre a bênção de não ter companhias, o lado desafortunado da solidão.

Comentários

Com o rapaz, conversava alguns assuntos que, intuía, poderiam aproximá-los, como a questão das cotas nas universidades públicas, os valores éticos da geração X e Y, os novos empreendimentos imobiliários no bairro.

Com a filha, tentava reduzir o fosso entre pai velho e menina, contando-lhe sobre o novo escorregador da pracinha perto de sua casa, mostrando fotos da ninhada de cachorros do vizinho, atiçando-a com a notícia da nova temporada dos Detetives do Prédio Azul.

Isolado, no entanto, sem a visita dos filhos, passava horas, às vezes o dia inteiro, sem ouvir a própria voz. Não tinha com quem comentar — nem consigo mesmo — as novidades ou as recorrências domésticas. Lembrava (e até anotava) fatos que desejava partilhar com os filhos, mas que perdiam a atualidade, embora continuassem em sua memória, como um açude prestes a transbordar.

Então, soube que, assim como o rapaz e a menina falavam pelo Zoom com ele, às vezes os dois também conversavam entre si — irmãos com vinte anos de diferença —, não por dever, mas por querer. Pensou nas duas vozes em vivo diálogo, tão distintas, embora vindas da sua, calada.

Ouviu-se, mais tarde, assobiando e cantando, sem se dar conta do motivo de seus lampejos de contentamento.

Feliz

Certa manhã, observou os oitenta e quatro centímetros que as obras de sua autoria ocupavam naquele canto da estante. Havia vivido todas as linhas escritas nelas. Estava feliz, porque as produzira em tempos de sol e tempestades de trevas. Era dono daquelas experiências.

Estranhamente, não sentia falta de mulher (dela, que poderia ser a terceira e última), não sentia falta dos filhos (nem se culpava pela autossuficiência emocional daquela hora).

Da janela da sala via o quintal de sua casa, a paisagem simples que aos seus olhos pertencia, como as folhas pertencem à arvore.

Sentia que não precisava ser amado, que tinha a vida e morte em seu pulso — e ambas lhe pediam uma nova história, já que ele não podia ter outra vida, nem outra morte.

Estava feliz.

Mas sabia que aquele sentimento, na manhã seguinte, ou durante aquele dia mesmo, se dissolveria.

Ainda feliz

Estava feliz.
 Mas sabia que aquele sentimento, na manhã seguinte, ou durante aquele dia mesmo, se dissolveria.
 Porque a felicidade, breve ou longa, é um bem-estar falso. No fundo-fundo-fundo, a felicidade também dói.

Impressão

Houve uma noite em que sua casa, assolada o dia inteiro pelo sol, parecia ferver invisivelmente, o próprio corpo dele ameaçava se incendiar. Abriu a porta que dava para o quintal e saiu em busca de ar fresco. O luar era tão forte àquela hora, clareava toda a mangueira, ao lado da qual, às vezes, arrastando a mesa da cozinha e as cadeiras, reunia-se com o rapaz e a menina para fazer as refeições. Caminhou até ela, única presença vegetal de porte, embora velha, naquele seu quadrado de terra. Em pé, sob a copa da mangueira, sentiu que a cena da qual fazia parte o definia: uma árvore solitária no fundo de uma casa vazia.

Talento

Gente como ele, na escala das habilidades humanas, não servia para ser proprietário, patrão, presidente — o que o alegrava com a força das grandes verdades.

Guardião

Mais uma verdade, contra a qual não havia nenhum argumento capaz de refutá-la: cedo ou tarde, as famílias acabam. Aquela verdade dera o salto triplo nele. A família em que nascera (o pai e a mãe) não existia mais. As duas que ele inaugurara (uma com a primeira mulher e o rapaz; a outra, com a segunda mulher e a menina) tinham se desfeito. Pior do que a prova viva de uma verdade é ser, contra a própria vontade, o seu guardião.

Contagem

Havia se encontrado com ela, a terceira (que poderia ser seu novo amor), sete vezes: uma na casa dele, três no apartamento dela, uma no chalé de uma pousada na serra do Mar, e a mais recente, quando ainda podiam circular, num motel de estrada.

Em certo momento, desejava ampliar logo o número de vezes a fim de perder as contas.

Mas, pelos seus cálculos — para os quais a pandemia contribuía de forma definitiva —, a lista estava chegando ao fim.

Recontagem

10 anos de casamento (duas vezes) e, então, fim.
20 anos de corrida na rua, três vezes por semana, e, então, fim.
25 anos de práticas iogue, diariamente, e, então, fim.
35 anos de trabalho com carteira profissional e, então, fim.
40 anos (ininterruptos, intensos, exaustivos) de entrega total à escrita e, então, a que distância estaria do fim?
60 anos de vida e, então, quando?

Poderia

Poderia dizer à menina, pelo Zoom, mas de preferência face a face, no quintal de sua casa, regando as suculentas, ou quando estivessem juntos fazendo qualquer coisa; poderia dizer (talvez ela já soubesse) o que a sua presença significava na vida dele (por pouco não mais vazia); poderia dizer que fora o primeiro a abraçá-la, suja de placenta e sangue; poderia dizer que, se ela quisesse, voltariam a São Thomé das Letras e assistiriam de novo ao pôr do sol; poderia dizer que ele e o filho haviam feito o Caminho de Santiago (no tempo em que tinha fé) para agradecer a vinda dela ao mundo; poderia dizer que, quando fora internada com crise de asma, ele — que não acreditava em deus algum — rezou não para pedir a intervenção dos anjos, dos santos, dos espíritos curadores, mas porque tinha a quem amar, a quem ver de novo dançando no quintal, sob a água do irrigador; poderia dizer com palavras (seu martírio e sua salvação) o que dizia com o corpo, que ela estava nele, mas que não tinha como protegê-la de nada, nem do vírus nem de outros males, tampouco de seu amor silencioso e, sobretudo, de um dia — por ser filha de quem era — de sentir o que ele sentia: a incapacidade de ser resistente ao sofrimento, de só conseguir registrar o contentamento (e a dor) à flor da flor da flor da pele. Poderia dizer. Mas não disse.

Ajuste

Sempre o surpreendeu o maquinismo da memória, tão evoluído, por se ajustar às moendas do tempo, que não cessam de mastigar os fatos, transformando-os no sangue das lembranças. A fim de que não fiquemos para trás, por respeito à nossa história, a memória registra os rastros da verdade. A fim de que sigamos adiante, por piedade pela nossa condição, a memória nos inunda com o caldo de seus inventos.

Pele

A primeira mulher exibia, embora discretas, quatro tatuagens: uma estrela, em homenagem à bisavó; uma cruz, para reverenciar a avó; uma concha, dedicada à mãe; e um peixe, para o filho.

A segunda mulher não as tinha, nenhuma, mas gostava de se perfurar com piercings: na orelha, no nariz, no umbigo, no mamilo de um dos seios (que retirou a contragosto para amamentar a filha).

Ele, no corpo, não tinha senão marcas vindas de dentro: verrugas, manchas, pintas. Desenhos, de fora, só as lacerações, as feridas, as cicatrizes.

Mas na alma, invisíveis, dois cortes em carne viva: o rapaz e a menina.

Errado

Alguém, referindo-se aos seus dois casamentos desfeitos, disse que ele só amava as pessoas erradas. Então havia as pessoas certas para amar? O amor era uma equação com resultado exato?

Mágica

Quando dezembro chegou, ele contabilizava nove meses de confinamento. Tempo exato para que o ventre do mundo gerasse uma vida nova (e perversa) para todos. Uma vida que, se fosse possível, seria abortada, mas não havia deus algum (muito menos homem) que pudesse interromper a sua gestação — e a vida nova (e perversa) se impôs com a força das existências inevitáveis.

Ele continuou a organização e a faxina em casa e, uma tarde, arrumando os livros, caiu-lhe nos olhos *O ano do pensamento mágico*. Releu as primeiras páginas da história de Joan Didion, nas quais ela relatava a morte de seu marido, o escritor John Gregory Dunne, à mesa do jantar. Um infarto e fim.

Durante quase um ano, Joan esteve refém do pensamento mágico: o marido, em algum momento, regressaria do reino dos mortos, daí por que ela resistiu em autorizar a doação de córneas e dispor dos sapatos dele. Como John poderia voltar à vida, cego e com os pés nus? Um depoimento seco, e, por isso mesmo, capaz de inundar os olhos.

Mas a ele nunca ocorrera tal pensamento: sabia que todos aqueles a quem perdera não regressariam. Uma certeza sem excesso de lamúria e escassez de sofrimento. Naquele ano de ostracismo e pesar redobrado, seu pensamento não deixara de ser senão trágico. A mágica estava em resistir à sucessão dos dias mortos e em mover a vida sem acreditar em milagres, nem se entregar ao desespero.

Escravidão

Um crítico apontou que ele era um escravo da memória, uma presa do passado — o tempo morto, em suas histórias, mostrava-se mais vital do que o presente. O vivido imperava sobre o viver.

Mas o crítico, na certa, ignorava que ele só se recordava daquilo que precisava esquecer. Aquilo que, escrevendo, livrava-se de lembrar.

Oposto

Escrever é uma forma de lembrar. A memória, um cárcere. Mas, nos últimos anos, ocorria o contrário com ele: escrevia para esquecer.

Reflexivo

Escrevia, precisamente, para se esquecer.

Mutações

Toda vez que iniciava um texto, as palavras diziam o que ele, escolhendo-as, tentava dizer; mas — como se alteradas por mutações genéticas — expressavam também outros dizeres.
    Assim, a sua escrita jamais resultava naquilo que precisamente ele planejava dizer: em qualquer texto havia cromossomos, inexatos, que desdiziam o que fora dito.

Frutos

O poeta disse: cada um de meus poemas é uma semente — o jeito que encontrei de permanecer depois de minha morte. Desejo que as sementes vinguem e se transformem em ipês-amarelos.

Ele nada disse a esse respeito: cada uma de suas obras produzia palavras válidas somente para a época.

Não há futuro para o que nasce com o propósito de morrer.

Fronteiras

Não apenas as linhas demarcatórias dos espaços físicos, mas a pele, que o aproximava ou afastava dos demais. Não apenas a faixa amarela das aduanas, que o obrigava a esperar a sua vez, mas o cheiro, que a atravessava, invisível, sem pedir permissão. Não apenas as portas de vidro que se abriam automaticamente, mas os olhos que separavam antes o fora do dentro.

    O corpo dele como um pequeno e velho país, com fronteiras abertas apenas para o rapaz e a menina entrarem e o mundo sair com o pus das palavras. Um principado clandestino e sua grande atração — o desencanto.

Inadequado

Na correnteza da faxina, da ordenação da casa e da necessidade de se dissociar de seus pequenos bens, e mais para se comprazer com seu descarte do que pelo pretexto de se ocupar com uma atividade produtiva, ele separou calças de veludo, camisas coloridas, shorts apertados, sapatos de bico fino, bonés de agências de viagem, um par de brincos (esquecido no fundo falso de uma gaveta) e o relógio de pulso. Não eram mais adequados a um velho. Também ele, sem reclamar, sentia-se em igual condição àqueles objetos: um inadequado.

Completo inadequado

Inadequado para: subir as escadas até a porta do avião; sentar-se à mesa de um restaurante da moda; participar de uma cerimônia de batismo ou casamento; acomodar-se no banco de trás de um táxi; entrar num elevador com um grupo de jovens; ser fotografado para a orelha de seu próximo (haveria o próximo?) livro; entrar numa sala de aula para lecionar; pegar a fila normal do caixa do supermercado; caminhar sozinho, à noite, pelas ruas de qualquer cidade. Cada dia mais, ele, inadequado para a vida — rumo à inadequação total.

Adequado

Contudo, adequado para: sentar-se num banco da praça perto de sua casa; ser chamado como prioridade pelos atendentes dos correios; ficar calado a maior parte do tempo, estando só ou acompanhado; não se pronunciar jamais sobre as novas tecnologias; desequilibrar-se e cair na rua (e ser socorrido por gente piedosa, que comentaria depois a sua fragilidade); ser cancelado das rodas literárias; contrair covid-19; morrer na praia, no mar, no asfalto. Cada dia mais, ele, adequado para desaparecer definitivamente da memória do mundo.

Preferência

Encontrou ao acaso um livro sobre Vinicius de Moraes, no qual o poeta dizia: *prefiro a tristeza à alegria, porque acho-a mais criativa.*

Criativa era pouco. A tristeza, para ele, era exuberante.

Gosto

Em meio aos desgostos que a prisão doméstica produzia — e àqueles que vinham do exterior, onde o vírus seguia estraçalhando a vida até então normal —, ele encontrava aqui e ali algum respiro de complacência do universo, capaz de amenizar o peso, provisoriamente, dos blocos de inquietação que o esmagavam, como a todos naqueles meses.

Gostava de despertar escutando os sabiás-laranjeira, que, com o sumiço dos carros nas ruas, haviam voltado às árvores do bairro. Gostava de manter a casa arrumada, como se fosse receber uma visita especial (ele mesmo, no fundo). Gostava de se sentar na terra do quintal, sob a copa da mangueira, e observar a despedida lenta do sol, que o lembrava dos entardeceres com a filha em São Thomé das Letras; gostava, sobretudo, de ver os efeitos púrpura e lilás dos últimos raios borrando o céu, à semelhança de um dos desenhos que a menina lhe dera no Dia dos Pais. Gostava de falar com os filhos pelo Zoom (embora o desejo fosse tê-los ali, à mão, para o desfrute mútuo das surpresas, mínimas, do cotidiano). Gostava de tomar uma taça de vinho tinto, em silêncio, à entrada da noite, quando o cheiro de comida preparada na vizinhança flutuava no vento.

Gostava, antes de adormecer, de olhos fechados, de sentir a sua respiração suave, como na época de iogue. Gostava de imaginar que era seu próprio coração, com seus trezentos e vinte gramas, latejando vida, feito um pulsar na escuridão inóspita do cosmos. Gostava de sentir a ausência dos deuses — e a certeza de que, como qualquer homem, tinha, geneticamente, a habilidade de se adaptar ao arraso das catástrofes.

Desgosto

Desgostava de lavar com detergente as coisas que vinham da rua. Desgostava de suas mãos ressecadas pelo álcool em gel. Desgostava de ver o número de mortos em ascensão pelo vírus. Desgostava de seu temor de se contaminar e deixar a menina órfã tão cedo — com o rapaz vivera já um bom tempo, embora quisesse mais (sempre se quer), o tempo é curto para o amor e longo para se resistir à dor. Desgostava de não saber o que escrever nas próximas linhas, como agora nestas, nas quais tentava frear um fluxo de desgosto que, mesmo sem interrompê-lo, sentia gosto por enfrentá-lo com a palavra — não com a palavra mineral, a palavra lavra, a palavra rocha, mas sim com a palavra pena, a palavra asa, a palavra pétala.

Cozinha

Entre os tratos feitos com a segunda mulher — ele amava os sensuais, que foram morrendo aos poucos —, havia um, prosaico, mas essencial para a dinâmica da casa, relativo às tarefas na cozinha: ela preparava a comida, ele lavava a louça. Ambos cumpriram bem o combinado durante anos, quebrando-o algumas vezes com dupla conivência, por esporte ou necessidade, a fim de que, trocando os papéis, ele cozinhasse e ela se incumbisse da limpeza. Dividir os afazeres foi, naquele período, poupar dissabores, multiplicar o tempo de convívio. Até que tudo desandou.

Então, numa conversa por Zoom, soube pela menina que a mãe, exausta com o aumento das demandas domésticas, comentara que tinha saudades dele. O comentário ia lhe rabiscar um sorriso, mas, em seguida, a filha completou, saudades do tempo em que ele lavava a louça. Na outra mão, era preciso confessar, tinha saudades do tempo em que a segunda mulher cozinhava. Dividir os espaços era, agora, poupar os vazios e multiplicar a falta de amor. Para a vida andar.

Ficção

Antes, ao ser chamado a qualquer balcão de atendimento — check-in de companhia aérea, posto do INSS, laboratório de análises clínicas —, exigiam que informasse o nome de uma pessoa próxima, em caso de emergência. Ele inventava: Eduardo (irmão), Antônio (primo), Mariana (esposa).

Agora, ao preencher um cadastro on-line — programa de fidelidade de rede de farmácias (atentava sempre para o uso da palavra "fidelidade"), lista da Shopper (pela qual passou a fazer compras de alimentos e produtos de limpeza, com data de entrega programada), site Reclame Aqui (a pipoqueira que nunca chegara) —, exigiam que informasse um telefone de contato, de preferência celular. Ele inventava: 98186-2267, 78743-2435, 99144-8722.

Assim, para não perder a mão, continuava, fora da escrita, exercendo seu ofício de ficcionista.

Outra ficção

Ele inventava.

Para doer menos.

Imaginava a menina chegando para passar o fim de semana, as trancinhas no cabelo ou a tiara vermelha — a favorita dela —, com que a presenteara antes de se separar da segunda mulher; aquele susto de perceber que a filha crescera e, em seu rosto, traços de familiares mortos, de súbito, faiscavam.

Imaginava o rapaz, como no ano anterior, subindo na mangueira a pedido dele, colhendo as frutas maduras e atirando-as para que as lavasse no tanque, e ambos, em seguida, as degustassem ali mesmo.

Imaginava a menina com seus brinquedos no quintal, arrancando ervas daninhas, à procura de seixos enquanto fugia, rindo, dos borrifos d'água do irrigador.

Imaginava o rapaz sentado à mesa e lembrando aquele jantar com o restaurador de obras de arte (já no portal da morte) em Villamentero de Campos, quando fizeram o Caminho de Santiago; a ascensão ao Cebreiro e, depois, a descida ao vilarejo de Liñares.

Se a alegria não aportava ali, ele a inventava.

Novos hábitos

O isolamento o obrigou a forjar novos hábitos. Acostumou-se a ser não mais um anacoreta no espaço urbano, mas também nas divisas restritas de sua casa. Acostumou-se a fazer uma quantidade maior de comida no almoço, assim sobrava para o jantar. Acostumou-se aos encontros que o obrigavam a se debruçar no gradil das janelas virtuais. Acostumou-se a assistir, à noite, a documentários e séries policiais na Netflix. Acostumou-se a vestir máscaras e luvas descartáveis para apanhar ao portão os pacotes dos correios e as caixas de alimentos e produtos de limpeza. Acostumou-se com a perspectiva de dias piores. Acostumou-se àquela vida não habitual. Porque os homens se acostumam a tempos tenebrosos, assim como a instantes de esplendor.

Mas havia um consolo: os costumes, uma hora — tanto quanto os impérios, os latifúndios, as amplidões —, também acabam.

Exatidão

Joan Didion, em *Noites azuis*, que ele releu na ocasião, anotara uma sentença precisa sobre as perdas naquela obra em que relatava a morte de sua filha, Quintana.

Ele perdera os pais para a morte; as duas mulheres e os filhos, para a vida. Seus últimos livros traziam, transfigurados, esses danos.

Joan afirmara que não tinha medo das perdas passadas; estavam lá, nas placas tumulares. O que a inquietava era o que ainda poderia perder.

Ele, como todas as pessoas (seus filhos, inclusive), sentia que, a qualquer momento, poderia perder (exatamente) tudo.

Por isso

Por isso, aceitar e agradecer pela saúde que lhe restava. Por isso, de repente, assobiar um canto desafinado (mas alegre).

Vestígios

Quando os filhos o visitavam, antes de serem impedidos pela quarentena, às vezes esqueciam (ou deixavam de propósito?) algum objeto, coisas em geral desimportantes — o rapaz, uma HQ, o boné; a menina, uma tiara, os óculos de brinquedo. Nada que os obrigasse a voltar imediatamente, nada que não pudessem recolher nas semanas seguintes, num novo encontro.

Celebrava aquelas insignificâncias dispersas sobre a mesa da cozinha, no tapete da sala, ao lado da tevê, na pia do banheiro. Amava-as pelo que diziam silenciosamente de seus donos. Preferia aqueles rastros de presença, que mantinha no mesmo lugar, do que, naquela nova condição, arrumar a casa para a visita permanente da ausência.

Ironia

A mãe da menina ligou, queria conversar sobre uma questão relativa à filha — um problema, ele logo entendeu —, e, depois que ela explicou do que se tratava, permaneceu mudo uns instantes, pensando em situações similares: o joalheiro que só fazia joias de ouro e usava brincos enormes de madeira, à moda dos indígenas; o cabeleireiro que não era alérgico a xampus, condicionadores, tinturas, mas a fios de cabelo; o político que esbravejava contra o assédio infantil e, a portas fechadas, violentava o sobrinho; o publicitário que não deixava os filhos comerem os salgadinhos industrializados que promovia; o açougueiro que era vegetariano e...

    A mãe da menina insistiu, cobrando-lhe uma resposta: explicara que a menina, meses fora da escola, apenas em aulas a distância, estava atrasada na alfabetização. A menina, filha dele, que vivia das palavras, mal reconhecia as letras e estava longe de juntá-las para formar algum vocábulo, mesmo os mais simples.

    A ironia, desde sempre, vivia ligada a ele. E insistia em não se soltar.

Atrasos

Atraso e adianto se revezavam. A menina era fruto de um casamento cujo fim se adiantara. Agora, atrasava-se na iniciação às letras.

Um problema, no entanto, aberto à resolução.

Em incontáveis oportunidades, ele se adiantara; em outras tantas, se atrasara.

A perfeita medida do tempo, quem a possuía?

O seu *imetsum* se atrasaria ou se adiantaria? Chegaria na hora certa? E havia hora certa?

Afetos

Estranhamente, do nada, vinha a vontade de ligar para um professor bem-humorado com quem ele atuara anos atrás, ou para um escritor de quem se tornara próximo (embora não tanto), por se encontrarem com frequência em eventos literários (quando eram presenciais), ou mesmo conversar frivolidades com os vizinhos. Mas, logo, ele sentia as entranhas lhe dizendo que era inútil. O diagnóstico para a sua vida era a falência generalizada dos afetos.

Idades

Plantas rasteiras vivem um ano.
    Arbustos, em média, dez anos.
    Pessegueiros, trinta anos.
    Macieiras, cinquenta anos.
    Ameixeiras, sessenta anos.
    Mangueiras, de oitenta a cem anos.
    A idade das ameixeiras, ele alcançara. Chegaria à das mangueiras? Com saúde? E pra quê?

Sentido

Escrever para dar sentido à própria história. Era o que respondiam alguns de seus conhecidos, escritores, em entrevistas, quando perguntados sobre a razão de se dedicarem àquele ofício, visto por muita gente como inútil para a sociedade.

Ele escrevia, escrevia, escrevia — e continuava sem apreender o significado de sua narrativa pessoal.

Era preciso encontrar algum sentido?

O sentido não era só sentir, sem exigir explicação?

Museu

Talvez porque tivesse publicado o livro de contos *A estação das pequenas coisas*, e, em outras de suas obras, enfatizasse a relevância das experiências menores, alguém lhe enviou um e-mail, sugerindo que navegasse no site do Museu das Coisas Banais (https://museudascoisasbanais.com.br/). Um lugar que reunia todo tipo de objetos, trecos e troços: disquetes, bibelôs, vasinhos, imagens de santo, panos de prato, panelas, grampos, pentes, incensários, coadores, calendários, revistas velhas, ímãs de geladeiras, um et cetera sem fim.

Então, considerou que, de certa forma, sua casa era um museu de coisas banais — com exceção dos objetos que os filhos, nos tempos pré-pandêmicos, ali esqueceram (ou deixaram) e, talvez, algo oculto que, no futuro, ganharia uma luz inesperada. Ele era o dono, o curador e o vendedor de tíquetes daquele museu. Ele, flutuando igualmente fora daqueles limites, nos espaços abertos, também era uma insignificância para o mundo.

Deuses

Assim como houve uma proliferação de negacionistas, para os quais a letalidade da doença era mínima enquanto milhares de mortes diárias pelo país afirmavam o contrário, aconteceu, como esperado, um surto de milagreiros. O momento se revelou próprio — sempre o foi — para os engodos. Os falsos médicos, ao contrário de todas as pessoas (confinadas), saíram das tocas, prometendo imunidade, tratamento, cura.

A efervescência contra a ciência se alastrou para o descampado das seitas e religiões. Como noutras épocas, não tardou para que a verdade desabasse sobre muitos mestres espirituais: haviam se elevado tanto às altas esferas que, no simples contato com a baixeza humana, acabavam por se conspurcar, agindo de forma igual às piores criaturas da espécie. Não superavam a provação final: o desapego da vida mundana, dos prazeres rasteiros; uma atitude, no entanto, para além de previsível.

Os deuses — todos — se degradavam na presença dos homens. Pior: criar a humanidade era prova explícita de sua derrocada.

Desolação

Talvez por ter ouvido a palavra no noticiário, ou entre o vão da conversa de adultos (a mãe e alguém), a filha, uma noite, perguntou-lhe, quando se viam pelo Zoom, o que era desolação.

Permaneceu quieto, perfurando o silêncio, sem responder, enquanto a mirava do fundo de seu velho poço.

Desolação. Ia dizer: era o que, às vezes, ele sentia. Mas não disse. Ficou observando-a, o rosto vivaz, cujos traços recordavam o menino que ele fora, décadas atrás.

Desolação. Ia dizer: era o que, às vezes, ele sentia. Mas não disse. A filha, uma criança.

Desolação: era o que, às vezes, ele sentia. Só às vezes. Graças a ela. Só às vezes. Porque ela existia.

Desolação: só não era maior graças àquele pequeno amor, ali, no vídeo, fincado como uma lança na vida dele.

Eco

A filha, uma criança. Não ia dizer a ela que desolação era o que, às vezes, ele sentia.

Mas poderia fazer um texto, relatando que a menina perguntara o significado daquela palavra, naqueles tempos de portas fechadas.

Poderia contextualizar a cena, narrar como permanecera em silêncio por alguns instantes e o que quase respondera, pois era a sua explicação, cabível, para aquela palavra.

Poderia fazer esse texto, inseri-lo no livro em andamento. E, talvez, quando adulta (estivesse ele ou não vivo), ela pudesse ler e reconhecer, naquele silêncio, o amor de seu pai. O amor que não pode poupar ninguém de se desolar.

Poderia fazer esse texto, que, se tivesse algum eco, seria somente no futuro de sua menina.

Poderia fazer esse texto.

Poderia fazer.

Feito.

Desejos

Encontrou, também, no bolso de um antigo paletó, um pedaço de giz — dos tempos em que lecionava na universidade, quando, com sua letra rude, grafava na lousa palavras norteadoras do programa da aula, para facilitar a aprendizagem. E, então, subiu pelo seu corpo, feito onda imprevisível, o desejo de protestar publicamente contra as decisões do governo, como na época em que integrava o movimento estudantil. O desejo de desafiar os pesquisadores puristas da comunicação e os cientistas avessos ao mundo do sensível, igual fizera anos antes com a publicação do artigo "Suíte acadêmica", que lhe valera detratores e defensores fervorosos na comunidade universitária. O desejo de ligar para um dos poucos professores de quem se tornara próximo (que se mudara para Barcelona, onde era pesquisador na Universidad Autònoma). O desejo de sair às ruas e andar durante horas pelas ladeiras do bairro, como no período de treinamento para cumprir, ele e o rapaz, o Caminho de Santiago, sem medo de contrair o vírus.

Mas, no instante seguinte, o desejo se quebrou — como um pedaço de giz.

Inevitável

Não era necessário perguntar ao geriatra — teria em breve uma consulta pelo Zoom — para saber que, aos poucos (já estava acontecendo com ele), o esquecimento começaria a se alastrar e ganhar mais espaço no terreno das lembranças. A idade, era inevitável, produzia o esquecimento inicialmente de fatos menores, depois de datas importantes, em seguida de cenas, às vezes partes inteiras, de uma história. Até que, adiantando-se, o obrigaria a se esquecer de rostos, de corpos amados, de pessoas, que se apagariam sem deixar cinzas. O perigo era se esquecer de que essa invasão estava em curso. O perigo era se esquecer de si.

Um grau a mais

Dias depois de escrever sobre os livros de Joan Didion, soube que ela morrera. A notícia elevou seu grau de tristeza para 91%.

Emergência

E em caso de emergência?
 O que fazer?
 Ou a quem avisar?
 Nunca se ocupara de fazer uma lista de telefones úteis (ou inúteis?). Tinha, apenas, ímãs de geladeira com números de farmácias, pizzarias, restaurantes.
 Mas velho, e vivendo só, era obrigatório ter à vista e à mão certos contatos.
 Providenciou a relação:
 Polícia: 190
 Samu: 192
 Bombeiro: 193
 Bradesco Saúde: (11) 2598-4908
 Seguro de vida Itaú: (11) 4090-1125
 Assistência funeral Itaú: 0800 011 1941
 Filho: 93727-2595
 Mãe da menina: 91688-2167
 Agência literária Riff: (21) 2287-6299
 Marcelo Ferroni (editora Alfaguara): (21) 2556-7824

Vitral

Tempos antes de não mais se encontrar presencialmente com ela, a possível e improvável, a desejada e não efetivada — porque a bússola de seu coração se quebrara e, como velho, ele velhava —, a terceira mulher disse que era uma ânfora, pronta para se adaptar à existência líquida dele.

Mas ele disse que se transformara em cacos de vidro e não queria ferir mais ninguém, já bastavam os cortes em si mesmo.

Ela disse que também se sentia em cacos e, se juntassem os de ambos, poderiam fazer um vitral.

Ele disse que, em essência, os vitrais eram feitos para catedrais, igrejas, até capelas e ermidas, não para janelas de uma casa abandonada.

Ela disse que havia arranjos de cacos bonitos, configurados em tampos de mesa, suportes de pratos, abajures com cúpulas coloridas, à moda bizantina.

Ele disse que cacos sempre seriam cacos, mesmo em um conjunto harmonioso. Cacos de uma ânfora quebrada jamais deixariam de ser destroços.

Ela não disse mais nada.

Dois dogmas

O que a rotina cala, o amor exalta.
    O que o prazer aquieta, a dor excita.

Até quando

Escrever. Até quando fosse possível. Parar seria a morte antes da morte. Escrever. Até quando fosse possível. Porque escrever não é ordenar, num só fluxo, como o sangue, os pensares e sentires, bastando, para isso, os olhos na tela do computador e os dedos se alternando no teclado, sob o controle da mente, a abrir e fechar a porta para a saída de uma palavra de cada vez.

Escrever. Até quando fosse possível. Porque escrever até a cena mais delicada exige a força máxima do corpo, a elasticidade máxima de todos os músculos, a resistência dos ossos e dos ligamentos.

Razão pela qual há poucos escritores velhos em ação. O esforço a que o corpo se submete invariavelmente os exaure. Mas há quem pense ser leve e confortável um homem sentado a escrever um romance, quando, em verdade, pesa sobre seus ombros um mundo que o impede de se levantar.

O corpo arrasado de um velho escritor, como o dele, se recusa à nova via-crúcis. Para aceitar o gérmen de uma história no centro de sua vida, e gerá-la durante meses, um velho escritor, como ele, se vê nu no ringue diante de um pugilista gigante. O massacre é certo (como tem sido até este capítulo). Mas, enquanto o corpo suportar, ele não estará na lona, e sim em pé na próxima página.

Até

Escrever: até à beira do colapso, há força para que as pernas deem mais um passo.

Quando

Mas, quando escrevia, mesmo que fosse uma linha guiada pelo afeto, mesmo que fosse a descrição de uma noite plácida, mesmo que fosse uma história cuja trama o obrigasse a observar a lua, enquanto vidas e vidas e vidas se apagavam pelo país; quando escrevia, mesmo que fosse uma história infantil, para contar depois à menina, mesmo que fosse um verso (improvável) de amor para a terceira mulher, mesmo que fosse um trecho descomprometido com as feridas da existência, mesmo que fosse uma crônica esquecível sobre um assunto frívolo; quando escrevia, mesmo as páginas anteriores, nas quais, com meias palavras, entregava plenamente seu amor pelos filhos e sua gratidão pela vida (apesar de tudo e rumo ao nada); quando escrevia, ele estava absorto numa atividade feroz; quando escrevia, fosse o que fosse, as linhas acima, por exemplo, sentia a selvageria do mundo em suas mãos, impossíveis de não se sujarem de dor.

Laudo

Márcia Lígia Guidin, em sua obra *Armário de vidro*, sobre a velhice em Machado de Assis, inseriu no capítulo 3 a seguinte epígrafe, de Berenson:
"O que se escreve depois dos sessenta anos não vale mais que um chá que se faz de novo, sempre com as mesmas folhas."
Em seu estudo, Márcia lembra que, para Otto Maria Carpeaux, em *Mocidade e morte*, o estilo da velhice aparece como preparação para a morte.
Ela também aponta a opinião de Simone de Beauvoir, para quem, na velhice, não há mais batalhas a lutar.
Cita, ao fim, o ensaio "O estilo tardio em Beethoven", no qual Adorno afirma que, nas últimas obras, o estilo é menos elaborado e há um desejo (do artista) de eliminar da linguagem a retórica que, livre, fala então por si mesma. Adorno insiste em que, na velhice, o artista retorna à convenção, e a sua subjetividade crítica aparece em "chamas iluminadoras".
Laudo preciso para o caso dele. Suprimindo, obviamente, as "chamas iluminadoras".

Dúvida

Lento, lento, lento ele se tornava. Agilidade só no revezamento contínuo das inquietações, ora uma, ora outra, se espraiando rapidamente pelos seus sentidos. No entanto, com algum esforço, mesmo que em etapas vagarosas, haveria tempo em seu epitáfio — já sendo gravado na placa tumular — de se fazer uma errata? Alterar a frase que o resumia, sob o azul imutável?

Santo

Da nova série Na Contramão: participou da mesa-redonda de uma "festa literária" com outros escritores pelo Zoom — a forma encontrada para viabilizar o evento. Um dos presentes, que manifestou apreço e admiração por ele (pela obra dele, melhor dizendo, já que não o conhecia no íntimo e, na certa, se decepcionaria ao descobrir a sua opinião sobre a escrita), disse que escrever era uma atividade prazerosa, o tempo macio da vida, a "felicidade clandestina", única e insubstituível que o acometia diariamente.

Ele não disse nada, como contraponto. Afinal, para quê? Mas pensou, eis aí um alquimista — capaz de transformar alegria em alegria, e sim em sim. Eis aí um santo — que faz milagres não aparentarem mentiras.

Eros

Engendrou, para sua própria surpresa, um sonho erótico com aquela que poderia ser (mas não seria) a terceira mulher, o amor derradeiro.
    Acordou esperançoso, excitado, exultante.
    Era apenas um sonho.
    Mas luminoso.
    O corpo realizara o prodígio de ressuscitar na mente, e vice-versa, a febre do sexo.
    Era apenas um sonho.
    Mas, para seus sentidos embotados, uma orgia.

Vacina

Chegou a sua vez de tomar a segunda dose da vacina. Escolheu o posto de imunização improvisado na garagem de um clube de grã-finos próximo ao seu bairro — sempre os pobres nas proximidades dos ricos. Nem precisou sair do carro: apoiado ao volante, recebeu a injeção no braço esquerdo, agradeceu e voltou a casa rapidamente.

Nas redes sociais, pessoas conhecidas postavam fotos daquele momento (em parte) salvador. Comemoravam, vibravam, quase gozavam. Ele as compreendia, mas queria o silêncio, isolar-se da mídia, entocar-se. O vírus da exposição tinha efeitos letais. Alguém certamente diria que, em contrapartida, o vírus da introversão, dos que se deixam à margem dos fatos, omissos ou não, era uma estratégia também de exposição, praticada pelos espertos.

Mas qual o problema de ser discreto não por artimanha, mas por cansaço, indiferença, desejo de solidão?

Fodam-se, ele pensou.

Queria apenas viver a seu modo, calar-se a seu modo, recluir-se a seu modo. E se vacinar contra os julgamentos alheios — que talvez não fossem (nem seriam) tão cruéis quanto os dele próprio.

Em vias

Os homens dificilmente alteram o seu comportamento. Será que haviam mesmo aprendido, com a pandemia, algo essencial para o seu futuro no planeta? Não, ele se respondia, neutralizando os próprios contra-argumentos: o ser humano é uma obra acabada, impermeável a aprimoramentos. Sempre em vias de degeneração.

Mortos

Finados.

O pai e a mãe, mortos e enterrados no cemitério da cidadezinha. Não havia, daquela vez, como levar flores ao túmulo dos dois.

Também não havia mais ninguém a quem endereçar uma lembrança naquele dia — preces, orações e conjuros estavam fora de suas santas intenções.

Então, mudou o ângulo de observação, como Brás Cubas. E se deixou a pensar em quem o dava por morto (ainda que vivo).

Estava morto para a primeira mulher (embora, semanas antes, tivessem conversado) — prova de que era possível fazer contato com o além.

Morto para os seus ex-alunos e os professores com quem convivera durante anos.

Morto para o mercado publicitário (onde atuara por décadas).

Morto para os amigos (amigos?).

Morto (quase) para a segunda mulher (a pensão mensal que ele depositava para a menina ainda o mantinha, para ela, preso à vida).

Morto para os vizinhos (quase todos).

Morto para seus conhecidos (quase todos).

Quase morto para si mesmo.

Quase.

E, espelhada, existia reciprocidade: para ele, estavam (também) todos mortos.

Zumbi

Morto para quase todo mundo.

Mas vivo para a Receita Federal, para a Previdência Social (que exigia, mesmo em plena pandemia, a prova de vida), para as concessionárias de água, luz e gás, que enviavam mensalmente suas contas de consumo.

Vivo para os assistentes de telemarketing, para os entregadores do Mercado Livre (livre?), para as lojas de departamentos que continuavam enviando cartões de parabéns no dia de seu aniversário.

Vivo para os pernilongos que começavam o ataque com as altas temperaturas de dezembro.

Vivíssimo para a horda dos desvalidos, a legião dos descrentes, o exército dos desafortunados.

Rotina

Despertou.
    Trabalhou (no novo livro).
    Almoçou.
    Cochilou.
    Trabalhou (no novo livro).
    Jantou.
    Leu.
    Dormiu.
    Um dia a mais.
    Um dia a menos.

Primeiros socorros

Fez, também, uma lista de pessoas a quem recorrer em caso de primeiros (e pequenos) socorros. O telefone da diarista (talvez para combinar, no futuro, a volta dela ao trabalho), do gerente do banco (como se, pelo dinheiro que tinha, fosse necessário um), do dentista (em caso de algum pivô cair), do barbeiro (embora, nos últimos meses, ele tivesse aparado os poucos cabelos) e daquela que não seria a terceira mulher (ela o lembrava sempre — bálsamo poderoso — que o sol, para resplandecer, quebrava-se em raios, que todas as vidas, no fundo, eram partidas).

Percepção

Nas poucas vezes em que conversaram pelo Zoom, ela, que poderia ser a terceira mulher (mas não seria), disse-lhe, mesmo quando tentou diverti-la com um comentário espirituoso, que ele "parecia" triste. E, ao ouvi-la, de fato ele se entristecia uns centímetros a mais. Precisamente porque ela não notava que, mesmo se sorria, ria ou gargalhava, ele não apenas "parecia", mas estava triste.

Surpresas

No entanto, quando naquela tarde foi regar as plantas, reparou, admirado, que a suculenta da menina — cuja semente haviam trazido de São Thomé das Letras e plantado juntos — brotara. Estremeceu, na justa medida de sua alegria desconfiada. Desde pequeno era uma mania, um mal, ele se espantar com aquelas pequenas surpresas. Algo que, não estando à vista, num átimo se materializava, sólido, como dias antes, ao "encontrar" a filha pelo Zoom, e, ela, do nada, mostrar-lhe um desenho que fizera sobre a "profissão" dele — um homem cercado de livros. Espantava-se, ainda, com o seu próprio fazer: de repente, na folha branca do papel, digitava uma palavra — surpresas — e, como se estivesse num campo bélico de flores (mesmo que cheias de espinhos), eis que começavam a explodir botões. Espantava-se com aquelas revelações — num canto do teto da sala, eis nada, e, mirando-o de novo, no dia seguinte, uma teia de aranha. Espantava-se com o vazio visto o tempo todo e, num desavisado instante, uma aparição o esmagava com sua presença, bruta, viva, ou mesmo ínfima. O que não aparecia (mas já existia) se impunha, sem rodeios, à luz distinguível da verdade. Assim, a rachadura no espelho, a pizza sobre a mesa, a ruga nova no rosto — o começo de uma história, em letra miúda, no livro dos eventos. Assim, espantava-se, também, ao reparar o visível ali, e, no momento posterior, o seu oco no ar. Espantava-se ao ver a casa, cujo coração batia calmo, o rapaz e a menina no quintal, o diálogo entre distintas gerações, o eco dos risos se impregnando, como tinta nova nas paredes; e, então, o silêncio, e, então, ele percebendo as linhas da ausência, como notas de uma partitura, à sua frente; as linhas da ausência que se acendiam, apagando a presença corpórea dos filhos — botões, de súbito, desaparecidos.

Benefício

Naquele seu exílio quase integral de convívio humano, ele não causava, contudo, nenhum malefício ao mundo. Não parasitava a felicidade (falsa ou não) dos outros, não contaminava ninguém, muito menos as esperanças alheias, com a sua solidão. Seu retiro (que acolhia unicamente a si) era, por outro ângulo, uma bandeira a menos de desânimo, a se desfraldar ao vento, um bem para os demais homens. Um bem minúsculo. Mas bem.

Bão

Um dia, a menina cantara, distraidamente, quando tomavam sol no quintal, uma música cuja letra dizia, "O mundo é bão, Sebastião". Ele ia dizer que o mundo não era bom nem mau. O mundo era e seria, com suas leis imutáveis, indiferente. O mundo arrastava o que fosse preciso para continuar, como a própria vida, sendo o mundinho precário e efêmero dos viventes. Ia dizer, mas silenciou. A filha, a seu tempo, conheceria o tamanho do fosso e a função das asas.

Ele não atribuía a ninguém os qualificativos de seu estado mundano, senão aos seus próprios erros. Ao menos evitava o deslize de não reconhecer que estava em si mesmo a origem de seu sofrimento.

No território que ia deixando para trás, não vicejava nem a flor do desprezo nem o narciso. Unicamente a terra revolvida, velha e quieta. À espera de guardá-lo em seu fundo morno. Um fato desprezível e corriqueiro para o universo. Um inadaptado a menos. Um escritor a menos. Um velho a menos. Uma perda a mais, e parcial, apenas para os filhos. Total-só-para-ele. Um acontecimento nem bão nem mau, para os demais (incluindo você).

Destruição

Da nova série Na Contramão: outra frase de para-choque, de seus tempos de menino, "Só o amor constrói". Embora sempre desconfiasse das palavras de ordem, das verdades supostamente incontestáveis, dos enunciados moralizantes, não aceitou nem neutralizou essa máxima, deixou-a em latência, como uma semente congelada à espera de um futuro propício para testar a sua validade. Mas, no arrasto de sua existência, a tese desabou, revelando, senão o seu antípoda, o seu núcleo impuro: "O amor também destrói". O amor às ideias, o amor à paisagem nativa, o amor às causas próprias (e mesmo às alheias), o amor ao passado familiar, o amor aos filhos — mimá-los, tanto quanto agredi-los, era uma ação destrutiva. Por que um ser partido não poderia ser um pai amoroso e íntegro?

Lilás

Tão lindos, os campos de lavanda, que ele contemplara numa viagem à Provence. E, no entanto, aquela beleza em tom único, o lilás pendulava no ar sugando a vista, não só extasiava como exigia uma linha de quebra, alguma flor de outra cor (uma margarida), um arbusto, uma árvore. Assim, também, os dias calmos — campos de lavanda — pediam um invasor na sua paisagem, um fato para desmontar a sua simetria, o azul acima, belo e mortal, com o seu desprezo pelo mundo de baixo, pelas vidas despetalando sob a sua cúpula.

Martírios

Quando se informava pelo jornal sobre o número de mortes pela covid-19 no dia anterior, lembrava-se, inexplicavelmente, da primeira mulher. No auge do casamento, ela dizia que o amava e morreria, se preciso fosse, por ele. A segunda mulher, menos enfática, fizera uma vez igual afirmação. E ele, de certa forma, "prometera" o mesmo a ambas. Mas, no fundo, todos sabemos, ninguém dá a vida pelos outros. Todos morrem por si. Há juras de sedução momentâneas, promessas vãs, bravatas de cunho heroico, talvez porque se saiba que não haverá uma ocasião para cumprir o que se disse (apenas para desonerar a dor da traição ou posar de criatura excelsa). A era dos mártires se pulverizou no passado e só renasce, às vezes, no universo da ficção. Todos vivem e morrem unicamente para si próprios. Incluindo as mães que, ao dar aos filhos a aventura da vida, já lhes concedem também a morte vindoura.

Viúvo

Percebeu, então, que não deveria mais pensar nelas como a primeira e a segunda mulher, mas, precisamente, como a primeira e a segunda ex-mulher. Eram amores mortos. Dois. Para sempre. Portanto, vivia uma duplicada condição de viúvo. E sem nenhum parente ou amigo para consolá-lo. Nem com os filhos podia contar. Aliás, era tempo de se desprender do mundo, ainda que devagar, na preparação para atingir o *imetsum*. Era preciso acelerar o processo de ir se descolando dos afetos — e, nesse ponto, caminhava bem, exceto em relação ao rapaz e à menina. Sabia, nas entranhas, o quanto era necessário afrouxar aqueles dois fios que o prendiam à vida.

Sinônimos

Ele, que prezava tanto as palavras exatas, embora quase nunca as encontrasse para expressar o que sentia, deu-se por derrotado ao buscar aquela que representasse seu estágio: *degenerescência* física, *degradação* física, *decadência* física. O sentido, ou o não sentido mas explicável, era o mesmo.

Única escolha

A condição a que ele chegara consistia em:
   a) diminuição dos campos sensoriais;
   b) lentidão neurológica (movimentos corporais e processos mentais);
   c) perda de audição, massa muscular, memória etc.;
   d) inutilidade para o mundo e necessidade de cuidados;
   e) todas as anteriores (e mais).

Recordes

20 anos sem fumar
    18 anos sem praticar ioga
    15 anos sem beber aguardente
    12 anos sem comer frutos do mar (mas a alergia maior continuava sendo à barbárie da vida)
    4 anos sem mentir
    3 anos sem correr na praça
    2 anos sem fazer amor
    18 meses sem ver os filhos ao vivo
    18 meses sem ir ao geriatra
    18 meses sem participar de um evento literário presencial
    18 meses sem cortar o cabelo no salão
    1 dia sem pensar, com enfado, no futuro — talvez porque tenha bebido duas garrafas de espumante ontem e dormido quase 24 horas seguidas
    10 minutos sem pensar na vida com suas traições ternas, suas conquistas sórdidas, seus engodos elegantes.

Lixo

O assunto lixo hospitalar veio à tona, e a imprensa tensionou o cordão do problema, apontando outros lixos: o orgânico, o tóxico, o atômico. Como esperado, não se abordou o lixo sentimental.

Mas ele, valendo-se da ocasião, observou a "lixeira" de seu computador, que acolhia todo tipo de resíduo. Era hora de deletar dezenas de arquivos — monturos de sentimentos inúteis.

Era hora de se esvaziar das recordações de sua primeira e de sua segunda mulher. Refugo que, se fosse material, encheria grande quantidade de sacos plásticos e exigiria um caminhão basculante para retirá-los.

Imutável

O contexto nacional gerava matérias jornalísticas sobre a precariedade da vida on-line, as medidas tomadas pelo governo e logo descartadas, as leis que, mal entravam em vigor, caíam, substituídas por outras.

    O imutável, o fixo, o rígido parecia ter desaparecido da convivência humana. Não para ele: os erros, uma vez cometidos, eram para sempre, não havia como corrigi-los, não era possível des-errar. Também os acertos eram definitivos, tornando a história de cada um, irreversivelmente, a história de cada um. Erros e acertos se assemelhavam às palavras, uma vez cunhadas em pedra, não havia como apagá-las (sem destruir a própria pedra). O que foi é para sempre — até que o sempre chegue ao fim.

Pedacinho

Ver a menina, pelo Zoom, era o pedaço mais suave (e esperado) daqueles dias. Uma ocasião, sem perceber, acionou o ícone de gravação, e, ao final da conversa com ela — sobre coisas miúdas, na medida do que ambos eram —, notou que ficara o registro do encontro.

Horas depois, quando a noite estreitava seu cerco, foi impelido a "assistir" aos minutos que tinham vivido. Pôs-se a ver o rosto da filha, a ouvir o que ela dissera (e ele também), sorvendo a imagem da criança só para si, sem dizer nada. Dez minutos, apenas. Um pedacinho do dia, um farelo de tempo. Ela ali, no vídeo, uma carícia a se embutir no coração. Continuou a vê-la, como quem vê algo que vai perder — a esperança — mas se extasia enquanto ainda o tem e se consola até os ossos pela sua existência. Continuou a vê-la, e sentiu, subindo do fundo de suas tripas cansadas, um contentamento poderoso, explosivo, capaz de arrebentar muralhas de ferro, e a ele se entregou como se para a morte. Sorriu, sozinho, silencioso, imerso naquele rever. Sorriu sem freios, por saber que deixaria de desfrutar daquelas imagens, daquela vida. Sorriu grande, por saber que, em algum momento, tudo se despedaçaria.

Causas

O retiro não o abalava. Vivia há tempos isolado naquele bairro, naquela casa, em si mesmo. O que o arrasava era sentir, profundamente, o quanto se transformara num ser frágil, apesar de envolto na embalagem rígida das paredes de tijolo. O que o fraturava mais era a certeza de que, muito antes da ameaça do novo vírus, estava saindo da festa (alegre e fúnebre) da vida, e o pior: antes de ser expelido pela existência, vigorava já a sua exclusão da arte, das novas escritas, do mundo que atravessara e que, a cada passo, ia sumindo às suas costas, sem ter com quem repartir os destroços, aos quais, como um náufrago, ainda se agarrava: não para se salvar, apenas para ser. O retiro não o abalava. O tiro certeiro, contudo, na consciência era não estar errado ao entender que aquelas causas o obrigavam, devagar mas definitivamente, à retirada absoluta.

Ganho

Inventário do azul recebeu um prêmio literário em dólares. Valor alto, fora dos sonhos dele — até os sonhos iam estreitando suas margens. Alegrou-se com a notícia. Mas não via destino para o dinheiro. Não produziria mudança substancial em sua vida. O seu desconforto intrínseco era incorruptível. Talvez servisse aos filhos. Talvez, se os ajudasse a compreender, para sempre, que tinha um poder destrutivo.

Em menino, aprendera no Eclesiastes que havia para cada coisa o tempo propício. Tempo da semeadura, tempo da colheita. Tempo dos frutos, tempo das pragas. Mas, na velhice, os extremos desaparecem, o ser se situa no meio. Ou melhor, no menos. Menos força. Menos alento. Menos vida. Menos (quase) tudo. Exceto o sentimento fixo de exaustão.

Em menino, aprendera no Eclesiastes que havia para cada coisa o tempo propício. Velhice: o tempo em que (quase) nada mais é propício. Nem um ganho imprevisível.

Raso

Outra surpresa os filhos lhe causaram. Dessa vez, em iniciativa conjunta, orquestraram uma "festa".

O aniversário dele (sessenta e um anos) chegara num dia de domingo.

Marcaram um encontro pelo Zoom no meio da tarde. Quando acessou o link, estremeceu ao ver os dois na mesma "janela". Estavam — logo entendeu — na casa da menina, um bolo se destacava à frente dos dois. Pensou que era um bolo falso, uma brincadeira, para que a data não se perdesse no vazio. Mas não. A menina disse que iam cantar parabéns. Cantaram. O rapaz cortou duas fatias grandes do bolo, e as colocou em pratos, disse que eram as de ambos, o restante do bolo mandariam para ele, um motoboy já aguardava lá fora.

Meia hora depois, ouviu a campainha. Caminhou até o portão, apanhou o "presente" e voltou ao computador: os filhos o aguardavam para comer o bolo "juntos".

Depois, o rapaz e menina abriram conversa com ele, que, sem roteiro e tempo de duração, foi se alongando, molhada por assuntos comuns aos três e reminiscências de fatos leves e divertidos. O encontro comprido o embevecia, quebrava o cimento de sua ansiedade, mas desejou que não se estendesse muito. Desejou que terminasse logo: era uma overdose de presença dos filhos, e, quanto maior, também maior seria a ressaca do amor — o amor ferido — no dia seguinte. Não havia como o mundo lhe oferecer um lago de acontecimentos felizes, apenas uma poça d'água, para que nela se esbaldasse, se ensopasse todo, mergulhando no agora, o agora só suficiente, o agora, mas não grande que o impedisse de desfrutá-lo com a gratidão dos barrados na festa das fantasmagorias. Não havia como o mundo lhe oferecer mais um lago, apenas uma poça d'água — melhor, no entanto, que a pia batismal invertida.

Matéria

No arrastar dos meses, além das mortes diárias de pessoas, às centenas, pelo país, outras tantas perdiam a sua fonte de renda. Empresas pequenas, antes saudáveis, adoeciam, eram entubadas, transferidas para a UTI — morriam, deixando à míngua famílias que dependiam delas. A nova ordem arrebentou a vida de milhares de trabalhadores, e o levou a refletir sobre o seu nada santo ofício. Atuava com palavras, seus limites, suas falácias. A palavra cadeira estava ao lado da palavra mesa em frente à qual ele (palavra subentendida, quase dispensável) se sentava, vendo à esquerda a palavra janela (mas não a janela no vão concreto da realidade), e, para além de sua abertura, a palavra céu se espraiava (com o seu azul opressivo e dominador), e, no meio da palavra céu a palavra sol se circunscrevia, silenciosa, jorrando a palavra raios pelos espaços celestes e terrenos, e a palavra tarde ardia nos olhos dele, sendo ela, a palavra tarde, e, também, de repente, a própria tarde. Refletiu no privilégio (ou azar) de laborar com aqueles numerosos signos, enquanto a coisa em si escapava de suas mãos, as palavras voláteis, dizendo o seu dizer e, às vezes, se desdizendo, e obrigando o mundo (a palavra mundo?) a des-acontecer. Refletiu e concluiu que não operava com as palavras, mas com os sentimentos. Em consequência, o aparente êxito ao terminar uma história (pequena represa de efeitos de sentido), mas no fundo o fracasso. Porque as palavras eram só a massa: sem o fogo das dores, dos amores, dos horrores, jamais chegariam à palavra pão. A palavra pão:

o seu pão de cada dia. Na fome dos signos, as migalhas de afeição. Aquela era a matéria de seu fazer: a palavra se fazendo, se refazendo, enquanto ele ia se desfazendo.

Ordem

Da nova série Na Contramão: as pessoas, em comportamento clichê, pensam em si em primeiro lugar (a vida de que dispõem), depois, caso os tenham, nos filhos, e, em seguida, é inevitável, na morte, que virá para elas e seus descendentes. Quanto a ele, a ordem se invertera, embora não quisesse ser exceção: pensava na morte ininterruptamente, nos filhos e, por fim, em si, em sua vida que se esvanecia, porque a inconsciência — o morto não sabe que morreu — não podia ficar por último, era ela que permitia a percepção da ordem, fosse essa, ou aquela, oposta.

Corporificar

No corpo dele, a exaustão fazia nova casa. E o esfacelamento se corporificava.

Fé

Sim, as circunstâncias da nova ordem o levaram a rever suas resoluções e, aos poucos, ele se viu recuperando a sua condição de místico. Mas, ao contrário de suas crenças passadas, a religião a que se entregou era a mais antiga de todas as fundadas no Ocidente e no Oriente: a fé no nada. No *imetsum*. Ele, dali em diante, devoto permanente (até o fim) da impermanência.

Números entre palavras

O prazo de validade: seis a sete décadas (mas podiam ser anos, meses, dias, horas, minutos, segundos).
Registro geral: 7.839.610-4
Dentição: duas (a segunda até o fim da vida).
Pele: uma única (sem direito a troca).
Quantidade de sorte (e respectivo azar): limitada.
Litros de sangue: oito, em média.
Volume de espanto: alto.
Nota no quesito egoísmo: dez (igual para todos os homens).
Grau de santidade: zero.
Capacidade de suportar a dor: mínima — daí por que usar palavras e mais palavras, e mais palavras, e com elas preencher páginas e páginas em direção ao infinito.

Luzes

21h.

    Num apartamento da Vila Sônia. A luz acesa de um quarto. O filho.

    Numa casa do Jardim Guedala. A luz acesa de um quarto. A filha.

    Numa casa do Monte Kemel. A luz acesa de um quarto. Ele.

23h.

    No apartamento da Vila Sônia. A luz apagada do quarto. O filho dorme.

    Na casa do Jardim Guedala. A luz apagada do quarto. A filha dorme.

    Na casa do Monte Kemel. A luz acesa do quarto. Ele os espreita (inutilmente, mas não importa) com a imaginação.

Leis

Soube também, pelos jornais, que o vírus avançava na Índia, e a morte primaverava naquele país com vigor. Então, vieram-lhe à mente as quatro leis que ouvira lá, quando esteve na Sangam House, anos antes, numa residência literária. A primeira lei: *a pessoa que vem é a pessoa certa*. A segunda: *aconteceu a única coisa que poderia ter acontecido*. A terceira: *toda vez que você iniciar é o momento certo*. A quarta: *quando algo termina, termina*. Na época, se não acreditava nessas leis, reconhecia que visavam apontar a premência do universo sobre os desígnios humanos. Mas, aos poucos, soterrou-as no esquecimento, com exceção da última, uma verdade que de fato o move: *o fim é o fim para sempre*. Assim foi com os seus dois casamentos. Com todos os seus sonhos inúteis. Com todos os livros que escreveu — inclusive este. A sua lei da relatividade geral é a lei do fim absoluto.

De lado

Sentia vontade de fraturar a rotina e investir em alguma atividade manual — o dia todo imerso na escrita, e na leitura, o exauria, tanto quanto o alentava. Por vezes, a satisfação de estar vivo esquartejava o fastio, fabricando uma alegria que era subversiva e desafiava a exterioridade clara do mundo. Quando iogue, aprendera com o mestre que, para serenar o espírito, devia dispor do corpo para atos aparentemente banais: pintar paredes, varrer o quintal, cuidar das plantas. Até anos atrás, possuía uma caixa de ferramentas, e as usava para fazer pequenos reparos, que lhe davam algum bem-estar. Gostava de ver algo posto de lado, uma vez consertado, reaver a sua função. Era uma ação de respeito, um afago que dava ao objeto, ao seu entorno e a si mesmo. Mas dispensara a caixa, cedendo-a ao filho. Não tinha mais sequer uma chave de fenda: usava a ponta de uma faca quando precisava apertar parafusos. Havia muita coisa quebrada em sua casa — em todas há —, que continuava esquecida, sem reparo. Como ele, que não tinha quem o consertasse: quebrado, contudo, queria seguir ali, nos espaços da vida.

Inglória

Da nova série Na Contramão: Thomas Morus, conhecido por sua obra *Utopia*, deixou uma opinião sobre a arte de escrever das menos utópicas: que a glória de um escritor estava no seu ato de fazer, um momento sublime como se estivesse no colo de Deus. Ele gostaria de fazer dois ajustes nessa sentença: 1) que a glória, se existisse, para um escritor — porque ela se espraia na dor de ser, mesmo se vivenciando a alegria do não ser —, estaria de fato no seu durante, nunca no depois; e 2) que não havia colo nem Deus algum.

Dias depois

Mas, então, uma manhã ele acordou e pensou: o que era, afinal, uma pipoqueira, ou uma família, ou mesmo um amor (dois, precisamente) para quem havia perdido quase tudo?

Antes

Antes
que
ficasse cego,
eliminasse o sal da comida e o açúcar do café
tomasse remédio para controlar a pressão

antes
que
a curvatura da coluna atingisse cinquenta graus
a testosterona caísse para 700 ng/dl
não pudesse mais caminhar sem apoio

antes
que

Para quê?

E para quê?

Para ainda (ou apenas) estar ali, já que não podia amar mais com força total, pois até o máximo de seu desejo — de ver o rapaz se arvorar em homem e a menina em moça — era fraco; a exaustão do corpo, com as milhares de reproduções de suas células, não permitia senão a entrega (maior) da fragilidade.

Para quê?

Para ainda (ou apenas) estar ali, por mais algum tempo, mesmo que o ápice da compaixão, por si e pelos demais, fosse mínima.

Para quê?

Para ainda (ou apenas) estar ali, sozinho naquela casa, se apagando vagarosamente, sem dar aos filhos o ônus de carregá-lo para o hospital.

Para quê?

Para ainda (ou apenas) estar ali, à espera da chegada libertadora do fim.

Silenciando

O silêncio explodiu, como uma semente, no início do confinamento. Como era de esperar, depois de alguns meses, ficou verde. Mais adiante, tornou-se maduro, a caminho de ser colhido. E, em breve, o silêncio apodreceria. Apodreceria para adubar com a sua morte o som — nem sempre nobre de um acorde musical, às vezes a nota grave de uma voz ou o grito de um velho (o dele) coração.

Limites

Mirava a menina na tela, quando conversavam pelo Zoom, e queria às vezes lhe dizer algo que não podia, não porque evitasse, porque não devia, mas porque ignorava como dizer — as palavras eram só capazes de reduzir o que ele sentia. Nenhuma descrição abrangeria um pôr do sol como aquele em São Thomé das Letras. O texto escrito do mundo, em constante revisão, prescindia das letras, o seu idioma só oferecia aqui e ali uns lampejos de sua gramática.

    Mirava a menina e se lembrava de quando a mãe dela saía cedo e ele lhe fazia companhia. A mulher deixava sempre um bilhete que a filha, ao despertar, pedia para ele ler. Frases simples e previsíveis — "eu te amo"; "linda da mamãe"; "bom dia, meu amor". Ela sorria ao ouvir, pela voz do pai, o que a mãe escrevera, como se a mensagem fosse dele também. Era, mas não era: porque não cabia nele dizer, com aquelas palavras, o que sentia pela menina. Apenas a mirava, e estar ali, junto dela, dizia o que ele conseguia dizer: que a presença, mesmo entre vozes, é um dizer silencioso. Que a presença diz por si mesma. Que o não dizer, às vezes, é tudo o que a presença pede. Que o não dizer é o mais alto grau que a presença pode alcançar.

Desvio

Em seus tempos de iogue, sentia dificuldade de respirar quando fazia pela manhã o *pranayama*. Consultou um médico na ocasião e soube que tinha desvio acentuado no septo nasal. Mais um defeito, daquela vez inato, a se somar com os outros, surgidos nas dobraduras da vida. Para corrigir definitivamente o problema, foi recomendada a cirurgia, mas ele se negou a fazê-la. Havia outras coisas, mais urgentes, que exigiam correção — embora a principal, para ele, no seu todo, fosse incorrigível.

Nos últimos meses, voltara a ter, ocasionalmente, falta de ar. Mais uma visitante a integrar a sua lista de males. Aliviou-se, naquela manhã, depois de pesquisar na internet e descobrir que 70% da população mundial apresentavam esse desvio, com menor ou maior gravidade. Sentiu-se menos solitário — era, entre milhões, apenas mais um desvio na respiração da Vida.

Ferida

Apenas mais um desvio na respiração da Vida era algo (ainda) contornável. O problema é que ele se tornara uma ferida do Mundo. E o Mundo cura com facilidade suas feridas, obrigando-as milagrosamente a se autodestruir.

Feridas

As feridas, não cicatrizadas, foram se unindo, umas às outras, durante anos, transformando-se numa única, grande e exuberante, batizada com um nome: o dele.

Temor

Da nova série Na Contramão: o que ele mais teme é uma epifania às avessas — a súbita revelação de que não há mais como defender a vida, e que, vinda de si, ou de fora, a única saída é o fim imediato. Mas, até ali, o sorriso da menina (agora ela perdeu um dos dentes da frente) impede a irrupção desse conhecimento iluminado.

Fixo e variável

O rapaz fazia aniversário naquele dia. Não poderiam festejar, como noutras vezes, ao redor da mangueira no quintal, sob o luar de dezembro, refrescando-se com a brisa. Novamente as vidas se encontrariam apenas pelo Zoom — era o possível diante das circunstâncias. Recordou-se que, na tarde em que o filho nascera, vinte e cinco anos antes, ele, pai, atuava como redator numa agência de publicidade e se tratava da síndrome do cólon irritável que o acometia. Tardara anos para se livrar dela — outras doenças a substituíram. Recordou-se que, na ocasião, escrevia um de seus livros sobre redação publicitária e teorizava sobre as camadas simbólicas das marcas comerciais, uma fixa e outra variável. Transferiu a teoria para o momento vivido: o vírus, a parte fixa; o grau de negacionismo e descaso do governo federal e o volume de mortes, a parte variável, em linha ascendente. Transferiu a teoria para si mesmo: fixa a suspeita, a desconfiança, a saudade; variável, sempre para mais, a sua intensidade.

Variável e fixo

Uma história existe porque nela o tempo é a variável que a rege. Até que termine e, como mérito, se torne fixa. Ao menos, interinamente, na memória de uma vida. De um pai, ou de um filho. Talvez na de ambos. No futuro, certamente, na de ninguém.

Direitos

Em certos dias, despertava estranhamente sereno, quase zen, um estado no entanto interino, porque ele sabia, no silêncio das próprias vísceras, que aquele raro sossego tinha prazo para desmoronar — as primeiras horas da manhã, e, às vezes, milagrosamente até o nascer da tarde. Então, dissimuladas, brotavam, em sequência, devagar mas contínuas, as convulsões sísmicas, que produziam nele, com esmero, o esperado abalo.

    Finda a transformação, sentia que tinha o direito de se resguardar na calada de si. O direito de não falar com os filhos para não feri-los com a sua chaga. O direito de não intoxicar ninguém com o seu desgosto. O direito de se afligir com a travessia da náusea tanto quanto serenar com a passagem da alegria. O direito de não sabotar a sua sensatez.

Responsabilidade

Nas duas vezes em que ele se separou, perdendo o amor de sua primeira e de sua segunda mulher — e aprendendo, a muito custo, também a des-amar a ambas como companheiras de travessia, embora numa lasca do coração se mantivessem dependuradas ao afeto (e à aceitação) dele pelo humano —, pessoas próximas, de um lado ou de outro, crentes no sobrenatural, aventaram a mesma hipótese para o fim dos relacionamentos: haviam feito, para o casal, um "trabalho" em terreiro, uma amarração ou macumba, a mando de alguém que tinha interesse em esfacelar a família, em substituir um dos dois na vida mundana (ou somente na cama).

Mas não se deve culpar o sobrenatural por aquilo que é da natureza dos pares: o apodrecimento das afinidades, a perda dos atrativos, o esfarelar progressivo do bem-querer. É até perjúrio responsabilizar despachos de ficção pela fratura exposta (já prevista no início) das relações que ocorrem à luz da realidade.

Deveres

Já noutros dias, atacado por uma injustificada ansiedade desde que seu corpo amanhecera, sentia depois, súbita e rapidamente, aquele sentimento se infeccionar, explodir em pus e, por uma ação de defesa, em seguida, ir se saneando. No fundo, era um golpe do bem que estraçalhava a aflição e trazia, de novo, a calmaria.

Mudado o sinal das horas para o positivo, sentia que era seu dever desfrutar do estado insólito alcançado até o seu último instante. O dever de atender os filhos com o pé no freio, para que não atribuíssem a sua "empolgação" a algum fato inexistente. O dever de não despertar ciúme em ninguém com seu equilíbrio. O dever de serenar com a passagem da alegria tanto quanto com a travessia da náusea. O dever de reconhecer (e abraçar) o trecho bom daqueles dias.

Gente

Da nova série Na Contramão: Destacam-se, da canção "Terra", de Caetano Veloso, estes dois versos:

gente é outra alegria
diferente das estrelas

Ele faz um ajuste:

gente é outra falácia
diferente das estrelas.

Praças

Em fevereiro, logo depois do Carnaval, ele foi com a menina, pela última vez (sem saber da reclusão a que seria submetido nos dois anos seguintes), à pracinha perto de sua casa. E, naquele domingo, voltou a experimentar o déjà-vu que nos últimos tempos o perturbava: viu a mesma cena de vinte anos antes, com a diferença de que, no vaivém do balanço, no movimento do gira-gira, no deslizar pelo escorregador, o rapaz, então garoto, fora substituído pela menina.

Por isso, ele se entregou com desmedida atenção aos gestos da filha, como se, então, pudesse colher o que não conseguira no passado: agarrar o instante com as unhas, erguê-lo até o peito e abraçá-lo para que conhecesse as batidas gratas de seu coração. Os pais e mães ali, no entanto, pareciam alheios à erosão da felicidade que pendulava como um balão de ar.

As praças, repetindo o modelo de uma época, eram rodeadas de árvores centenárias, bancos de cimento, alamedas relvadas, playground com brinquedos que atraíam os pequenos, contentes pela satisfação que lhes dava explorá-los. Mas as praças, no olhar dele, serviam para confirmar o avanço mortal do tempo. Lugar de atestar que as crianças se adulteram e a infância morre. Lugar de provisórias e indeléveis alegrias, mais adiante atomizadas pelo relógio da desilusão. Lugar de vigiar os filhos sabendo que não será possível poupá-los dos abismos.

Aliás, quão linda pode ser a vista dos precipícios, quão vertiginoso o mirante do platô, quão sedutora a altura da ponte para a queda. Na planura das praças, a vagarosa (e vívida e sonora e ensolarada) caminhada para o crescimento.

Crescimento: via que leva inevitavelmente à entrada dos desertos.

Desertos

Mas os desertos não são totalmente desertos. São povoados de ecos inaudíveis, de cenas afogadas no esquecimento, de miragens redentoras. Os desertos vivem de habitantes como a alma dele: vicejante de dissabores e sedenta por alguma (inútil) explicação.

Talvez

Talvez a menina crescesse, como uma árvore, e ficasse mais alta que ele — o pediatra dissera na última medição de estatura, caso continuasse naquele ritmo. Talvez, jovem, quisesse alisar os cabelos encaracolados. Talvez fizesse uma tatuagem pequena (no ombro ou na nuca), se a discrição fosse igual à dele. Talvez mantivesse o jeito carinhoso com as pessoas próximas, ou se agarrasse à timidez (afinal, tinha a quem puxar). Talvez, adulta, se decidisse por uma profissão fora de moda e a exercesse, ou talvez a realidade, com o machado na mão, decepasse seu sonho. Talvez ele estivesse ainda por aqui para ver a menina ser, enfim, uma mulher. Talvez.

Mas, com incontestável certeza, o tempo de conviver com ela se encurtava a cada dia.

Talvez, por isso, ele se contentava toda vez que a via pelo Zoom (é bem verdade que mantendo a alegria em rédeas curtas) e se rasgava por dentro quando a conversa terminava.

Hibernar

Gostava deste verbo. Embora nunca o tivesse experimentado plenamente como a segunda mulher. Às vezes, ela dormia doze horas seguidas. Num país tropical. Se fosse noutro, de clima ártico, hibernaria o dia inteiro. Mas ele, não. E não faltavam noites em que, flutuando no escuro do quarto, desejava apagar por um longo tempo. Imergir no esquecimento absoluto e esquecer tudo. Entorpecer-se senão com o nada antes da existência, com o nada depois de cumprida a sua pequena caminhada. Épica, para ele. Ínfima para o mundo.

Não faltavam noites em que sonhava, antes de adormecer, com a suspensão de toda atividade corporal (embora ainda unido ao cordão esgarçado da vida). Não faltavam noites em que rogava, para si mesmo, que entrasse no estado de hibernação — a única maneira de frear o fluxo ininterrupto do pensar e do sentir. Mas as suas intenções, como se preces às avessas, jamais se realizavam. O que adormecia era apenas, e esporadicamente, a sua indignação. Vivia sob a vigília da realidade.

No entanto, quando chegasse ao *imetsum*, haveria de provar a verdade mais funda deste verbo: hibernaria para sempre na não existência.

O verbo único

Escrever: mesmo na pauta dos murmúrios, é grito, berro, urro.

Viver

Decepcionar-se a prazo. Morrer em suaves (suaves?) prestações.

Diferença

Por vezes, para driblar o fastio, assistia na tevê, pela Netflix, ou no computador, pelo YouTube, a espetáculos musicais. Atentava para as artimanhas da gravação, editada como o olhar de um espectador presente ao show. A câmera se fixava nos gestos do vocalista, movia-se devagar para um músico da banda, a tocar de olhos fechados o seu instrumento, deslizava para a plateia, flagrando o sorriso de uma mulher, aproximava-se de seu rosto comovido, afastava-se para mostrar a sala de audição imersa no escuro, voltava ao palco e se detinha na expressão do cantor, sob a luz feérica. E, por mais triste que fosse a letra da canção, o público vivenciava um momento de satisfação; a pequena horda humana, a bater palmas, conjugava o mesmo sentimento, irmanava-se invariavelmente num júbilo leve, quase sobrenatural.

Então ele compara aquelas apresentações com a sua arte clandestina: sem palco e sem testemunhas, observa a floresta à frente e conta para alguém, no fundo da caverna, às suas costas, o que vê, ou o que gostaria de avistar. O fato que se dá, ou o feito que se delineia. E por mais alegre que seja a sua narrativa, nela está registrado o que é e sempre será unicamente de cada homem: a sua absoluta solidão.

Fada

E quando caiu o dente da frente, o incisivo central, a menina contou que ia guardá-lo debaixo do travesseiro para que a fada do dente o levasse e, em seu lugar, deixasse uma moeda. Ela sorria, banguela, com a expectativa de receber, àquela noite, enquanto dormia, a criatura mítica. Ele nada disse, apenas moveu a cabeça em sinal afirmativo. Era bonito e triste aquele vazio. O vazio que se abre para o crescimento. Aquele vazio desapareceria com o dente permanente. Mas outros jamais seriam preenchidos — como o vazio das ilusões perdidas, das crenças arrasadas e dos enganos extraídos, que se ocupavam dele, e, um dia, no futuro longínquo, também se dariam a ela, na mesma moeda.

Anjos

Menino, quando aprendia o catecismo, achou linda a menção de são Paulo, na carta aos Coríntios, à língua dos anjos. Imaginava como seria ela, evidentemente não tão limitada quanto a língua dos homens. Imaginava como seriam as suas palavras, a sua ortografia, a sua sintaxe. Imaginava, inventava, inferia. A língua dos anjos.

Mas, ao longo de seus sessenta anos, nunca ouviu sequer uma frase, uma onomatopeia, uma metáfora naquele idioma. Nunca ouviu um de seus falantes, nem sequer sentiu a sua presença. Seria um bom passatempo, em dia de reclusão, imaginar a língua dos anjos. Seria um desafio para a sua mente abstrata imaginar como se comunicam criaturas que não existem.

Seres fantásticos

Soube de uma professora que não apenas se comunicava com anjos mas, segundo ela, até namorava um. Consultou um curandeiro que se dizia amigo íntimo de espíritos da natureza. Conversou, certa vez, com um mestre hindu que afirmava ter num vaso de gerânios uma família de duendes com quem aprendera a fazer poções mágicas. Também, noutra ocasião, foi a uma benzedeira que falava com entidades do além-túmulo. E, no tempo em que era esotérico, conheceu gente que convivia com devas, elfos, ondinas — até sacis.

Em seus sessenta anos, jamais encontrara, nem em sonhos, devaneios ou alucinações, alguma criatura fabulosa. Lamentava faltar à sua jornada terrena a interação, mesmo se efêmera, com uma delas. Mas pensou, sorrindo: a professora, o curandeiro, o mestre hindu, a benzedeira e todos os outros não eram, enfim, seres fantásticos que conhecera?

Prodígio natural

Da nova série Na contramão: ao limpar a estante de livros, encontrou *A vida secreta das árvores*, de Peter Wohlleben, obra que inexplicavelmente escapara da faxina feita anos antes, quando ele se livrara de toda a literatura esotérica que possuía. Folheou-a e leu, aos saltos, alguns trechos. Parou numa página em que o autor, comparando as árvores à espécie humana, abordava o seu relacionamento social: tinham família, zelavam pelo crescimento dos rebentos, eram fraternas com as outras do entorno. Imaginou se não existiam aquelas, como ele, sem família, incapazes de proteger os filhos, quase sem interação com os vizinhos. Na certa, existiam: a natureza é pródiga em repetir erros com perfeição.

Fungos

Noutra passagem de *A vida secreta das árvores*, soube da existência de fungos seculares, que se estendiam por quilômetros e mais quilômetros, criando redes de comunicação em florestas, e não apenas entre as árvores, as plantas e as gramíneas, mas entre os insetos, os pássaros e outros animais. Havia uma woodwide web. As maravilhas da natureza, afirmava Peter Wohlleben. Mas, se havia uma woodwide web, havia também a deep web, a dark web, os hackers. As excrescências da natureza.

Raízes podres

Wohlleben sublinhava a existência das árvores amigas, solidárias, amorosas. Fiel à máxima "igual em cima é embaixo", e convicto de que não há paraíso no céu nem na terra, ele sabia que, entre as árvores, também imperavam o medo, a traição, o desejo de morrer. As raízes podres fecundam a terra.

Sono

Havia ainda as plantas dormideiras, que o recordaram das insônias da segunda mulher e das madrugadas em que ele despertava às três e meia. Pesquisou na internet o comportamento das dormideiras, na expectativa de que aprendesse com elas a alargar o sono para, assim, esquecer mais a sua desgraça pessoal e permanecer menos na realidade bárbara que o circundava. Mas de pouco lhe valeu a busca: a vida é vigília ininterrupta.

Resíduo

Naquele tempo em que se enriquecia de conhecimentos místicos — preparando-o, às avessas, para chegar à atual penúria de espírito —, um guru lhe disse que, com o pêndulo de radiestesia, era possível detectar onde havia passado um anjo. O lugar, fosse o trecho de uma trilha, o galho de uma árvore, a ponta de um rochedo, guardava para sempre uma energia sublime, sagrada, transcendente. Cabia ao iniciado, no entanto, aprender a registrar aquela remanência pelos próprios sentidos, sem uso de aparelhos ou qualquer outro subterfúgio.

Mas aquele tempo, de credulidade, se autoexplodiu e se atomizou. Nos últimos anos, ele se interessa em captar, nos locais por onde passa, se ali esteve um homem. Um homem com todos os seus paradoxos, especialmente a mansidão e a crueldade, o amor e o ódio. Um homem qualquer, que, em sua jornada, não se piorou. Um homem, igual a ele, que atravessou o mundo e se foi. Um homem que nada deixou senão um resíduo de sua ordinária existência.

Guardados

Continuou a prática de arrumar o guarda-roupa, as gavetas da cômoda, os armários da cozinha. O que neles havia, acomodado no escuro, era enfim o que não mais usava — e o que se mantém longe dos olhos é esquecido, preso à inutilidade dos espaços mortos. O que se guarda à chave se fecha para a vida diária. Com exceção das lembranças — guardados que, abertos à vista do mundo, revelam-se destroços alheios.

Pequena e grande

Era moço quando assistiu a *O império dos sentidos*. Julgou exagerada a cena inicial em que o velho, excitado por uma jovem, chorava porque, embora sentisse desejo, seu membro não reagia, estava morto.

Meses antes da pandemia, tentava solitariamente chegar ao orgasmo, a pequena morte, como dizem os franceses. Mas não a alcançava. A vida dava aos poucos — o prazer, o sabor, o pensar — e, de uma só vez, os retirava, todos.

Não há espaço num corpo para as pequenas mortes quando a grande vem se instalando progressivamente.

O último livro

Desde que começara a olhar para a floresta — *vanprash!* —, sabia que a morte se avizinhava. Sempre estivera ali, à espreita, sem ultrapassar a linha divisória da vida, respeitando o contrato feito com ela, mas, agora, a distância se encurtara a olhos vistos e não havia tanta estrada quanto antes.

Não sabia a hora nem a maneira, e, embora não fosse mais esotérico, passou a pensar naquele encontro com estranha serenidade.

Sabia que, para muitos, a certeza da morte iminente era recebida com tristeza, como se gerasse um luto prévio, um fim antes do fim, uma obrigatória e resignada despedida, porque, apesar de sufocar toda a dor, o nada também solaparia os restos de contentamento.

Então aconteceu, aos poucos, mas definitivamente, uma mudança incontestável em seu espírito, em relação à chegada da morte:

Passou a sentir, e a se preparar para isso, que ela o surpreenderia (e a ela mesma) não imóvel e sem ação, mas dando um passo de dança, justo ele que sequer aprendera a bailar; ela o surpreenderia não triste, como fora a maior parte de sua existência, mas inegavelmente feliz (porque cumprira a sua jornada com gratidão, sem negar as contradições humanas); ela o surpreenderia não lamentando a perda dos filhos, da consciência, de tudo que amava, inclusive o falso azul do céu, mas sorrindo (porque a aventura existencial havia sido transformadora); ela o surpreenderia não em silêncio, que era o jeito dele de aceitar o mundo, mas ao emitir um grito de viva!; ela o surpreenderia, ao contrário do que ele mesmo imaginara, não encolhido, mas abrindo os braços para acolhê-la (porque a aguardara a vida inteira).

Começou a se preparar, como se a morte fosse um livro, um clássico que precisava ler (para se des-escrever) e que uma hora, enfim, chegaria às suas mãos. Um livro cuja capa ele então, depois de tanto esperar, clandestinamente, giraria com o dedo, adentrando para sempre em suas páginas.

Reocupação

Depois de suspenso o toque de recolher, do fim do horário reduzido de funcionamento do comércio e da gradual volta às aulas, a reocupação das ruas foi se alastrando — e ele sabia que logo novas (e esperadas) mudanças se dariam em seu cotidiano.

Breve nessa casa, ele pensava: o som dos aviões pela manhã, os mosquitos ao entardecer, as aleluias à noite, a diarista às sextas-feiras, a visita dos filhos aos sábados, o domingo não mais com a face de segunda-feira.

Só o sentimento de assombro diante da vida permaneceria o mesmo.

Pessoas

Depois de se ferir de pessoas, se rasgar de pessoas, se entristecer de pessoas, se admirar de pessoas, se contaminar de pessoas, se sofrer de pessoas, se adoecer de pessoas, redescobria, com os filhos, que era possível — embora raro — se repovoar de pessoas.

Advérbios

Às vezes, sentia-se cheio de *longe*. Lotado de *si*. Transbordante de *agora*.

Presentes

Quando ia à casa dele, a menina quase sempre se dedicava a fazer objetos — anel de massinha, hambúrguer de barro, borboleta de papel — e dar a ele dizendo, "É um presente pra você". Admirava não apenas a sua entrega atenta à tarefa de agradá-lo, de dizer daquele jeito o que não lhe saía pela voz, mas sobretudo por ver nela a pulsão inventiva, a capacidade (talvez vinda dele) de oferecer afeto por meio da ficção. Ele retinha por um tempo as "criações" da filha, deixava-as à vista sobre o aparador da sala, na mesinha de cabeceira, junto aos livros que lia antes de dormir. Até que seus olhos as afundassem na memória, quando então poderia jogá-las fora — estavam para sempre em seus guardados íntimos. Menos o texto que ela, um dia, sentando-se diante do computador dele, começou (talvez de tanto vê-lo ali) a imitá-lo, digitando algo que, interrompendo o sussurro do teclado, disse, "É uma carta pra você, pai", e sorriu. A carta não dizia nada, mas o sorriso dizia tudo daquele instante. Ele a salvou num arquivo com o título "Carta da filha" — salvando também aquele momento do esquecimento — e a reteve para si, porque jamais poderia dispensar as palavras cifradas de amor.

Companhia

Da nova série Na Contramão: ao chegar aos sessenta, estava ciente de que o valor mensal do plano de saúde subiria. Mais consultas, mais exames e, sobretudo, mais doenças. E, claro, as empresas não podiam viver com menos recursos, ao contrário dos velhos que, justamente, viam a sua renda minguar a cada ano. Ele fez os cálculos: o acréscimo era substancial. A diferença dinamitaria o seu orçamento. Então, releu o contrato: em caso de internação, seria alocado num quarto individual. Mas, se optasse pela enfermaria, a mensalidade não se elevaria tanto. Para um solitário como ele, seria uma benesse, de última hora, ter alguma companhia (mesmo se de gente desconhecida).

Olhar

Quando menino, a mãe o levou algumas vezes à casa de uma benzedeira. Ele se encolhia, com medo, sentado diante do pequeno altar, onde velas bruxuleavam entre quadros e esculturas de santos. O cheiro de erva queimada empesteava o ar e lhe causava torpor. Fechava os olhos e ouvia a mulher, com as mãos acima de sua cabeça, murmurar uma prece ininteligível. Ao fim, ela comunicava à mãe o mesmo diagnóstico: mau-olhado. E a ele dizia, já passou, volte a brincar. Um dia depois, de fato, já não sentia mais aquele mal-estar, aquele enjoo, aquela fraqueza. Ignorava, à época, que era apenas a percepção aguçada de algo obscuro, mas avassalador para a fragilidade de sua alma — o futuro o nomearia como tristeza —, e que, com ou sem intervenção de rezas, o sentimento se esvaneceria em questão de horas.

Se existisse mau-olhado, existiria também bem-olhado. Então, a maneira como ele mirava o rapaz e a menina talvez lhes causasse algum bem. Mas ele desacreditava de ambos. A ternura é de quem a sente. O mesmo vale para a inveja.

Desconfiança

Nunca (com palavras ou silenciosamente) crucificou ninguém, embora tantas vezes tenha se sentido ultrajado com o que lhe disseram à queima-rosto. Ou pior, às escondidas. Mas, aos poucos, abatido pela dinâmica das mudanças — linha de força imutável da vida —, foi modificando sua opinião acerca de muitos assuntos, sobretudo em relação às pessoas. Também ele, em parte, tornara-se outro, e, em parte, era o mesmo de sempre. Assim, passou a desconfiar — e o tempo lhe deu razão, confirmando suas suspeitas — daqueles que impunham seu ponto de vista (ou de cegueira) com veemência.

Passou a desconfiar dos justiceiros, dos indignados com a fome no mundo, dos defensores espontâneos dos pobres, dos abstêmios, dos beatos, dos ocupados com a pesca predatória, dos filhos do Pai, dos filhos da mãe, dos irmãos em Cristo, dos homens doces e dos amargos, dos confiantes em si, e, mais que todos, dos condenados invariavelmente à desconfiança, como ele.

Sacrilégio

Se era uma dádiva não crer em nenhum Deus, era um sacrilégio (que ele, lúcido, cometia) não acreditar em homem algum (nem mesmo em si).

Exportar

Importava-se com o rapaz e a menina tanto quanto consigo mesmo.

Esforçava-se, retirando desse verbo o pronome reflexivo, para importar deles o que lhe diziam sem nada dizer, o que talvez desejassem lhe dizer e não soubessem. Os filhos não escolhem (ou escolhem?), enquanto se formam no ventre da mãe, o que herdar dos pais. A fabricação orgânica tem sua lógica própria, segue o invariável modelo milenar, inclui o acaso.

Esforçava-se para importar deles um pouco do que lhes sobrava, a vitalidade do rapaz, a alegria da menina.

Esforçava-se ainda mais para dinamitar seu silêncio, extrair o afeto de suas mais fundas jazidas e exportar aos dois o que ele tinha de mais sublime. Esforçava-se. Quase sempre sem êxito. As tais barreiras (humanas) de exportação.

Ex

Prefixo que exprime movimento para fora, afastamento, separação. Aquilo que alguém (ou algo) foi e não é mais.

Em relação a ele, o prefixo ex tem multiúso: a primeira e a segunda mulher, as duas profissões que lhe deram a aposentadoria (redator de propaganda e professor universitário) e todas as práticas espirituais anteriores à velhice, que chegou para assassiná-las, uma a uma.

Noutros termos, ele se tornou: ex-marido, ex-crente, ex-filho, ex-bem-aventurado, ex-iludido, ex-esperançoso, ex-tudo que um dia foi.

Mas o que vai se apartando dele, silenciosamente, de mais precioso, e ganhando o status de ex, é ela — a vida. Tão curto é, agora, o caminho para que ele deixe de ser o que é.

Jardins

Nessa mesma época, viu no Facebook o anúncio de venda de vaga — assim estava escrito — num cemitério-jardim perto de seu bairro. A foto mostrava uma comprida extensão de relva cercada de árvores de copa alta. Lembrou-se daquela sua mania de dormir na grama dos parques e jardins à luz do dia. A terra lhe servia de colchão; logo seria o seu cobertor. Lembrou-se de que poderia ser enterrado em sua cidade natal, no jazigo da família. Então estaria acompanhado dos ossos do pai e da mãe.

    Refletiu por um instante e anotou o contato do cemitério-jardim, para garantir a sua vaga. Assim, não daria aos filhos o trabalho de o transportarem até a cidadezinha. Para os mortos, é indiferente estar ou não sozinhos. E todo jardim guarda, abaixo de seu relvado, um cemitério.

Equivalente

Perder a ingenuidade, a malícia, a ilusão, o desejo, a confiança, o encanto, ou algum equivalente.

Procurar o caminho, a saída, a resolução, o motivo, o argumento, o milagre, ou algum equivalente.

Encontrar a si mesmo, a Deus, a suprema verdade, a comunhão universal, o nirvana, a harmonia cósmica, ou algum equivalente.

Não esquecer que o equivalente é um falso desvio, um alvo (inalcançável por natureza), um sucedâneo do desespero, um filho bastardo do engodo, um pobre substituto, uma correlata mentira do destino.

Então, que todo e qualquer equivalente se estraçalhe na tentativa vã de atingir um alvo que não existe.

Defeitos

Da nova série Na Contramão: diz-se que devemos manter os defeitos e não tentar anulá-los — porque não sabemos qual deles é o principal, o que sustenta o edifício inteiro do nosso ser. Se, por acaso ou volição, conseguirmos extirpar este ou aquele e, sobretudo, o maior, estaremos nos tornando outra pessoa, talvez pior, e não melhor, do que éramos. Mas, segundo ele, só mesmo os ingênuos acham possível que nos livremos de algum dos nossos defeitos. Acompanham seus donos, como cães fiéis, o tempo inteiro — e com eles seguem para o eterno *mishoum*.

Barro

A segunda mulher, depois de levar a filha, então recém-nascida, à benzedeira, à mãe de santo ou à taróloga, dizia que elas, as entidades, todas, afirmavam que a menina era um ser de luz, uma criança índigo, uma dádiva da Era de Aquário para ambos — espíritos assediados por um tempo de dispersão, de energia densa, fadada mais à queda que à ascensão —, uma criatura celestial e outros termos de igual singularidade (ou melhor, de repetido clichê nas hostes esotéricas).

Mas ele, se não se alegrava com tais comentários, também não se entristecia, era indiferente — pois só restava aceitar que ela não era nada do que diziam, apenas mais uma alma de barro, como o próprio pai (e a mãe, e todos nós). E, então, se comprazia por ela ser tão somente humana, com a bomba-relógio sob o peito, também em contagem regressiva, as células se reproduzindo saudavelmente (por ora) com perfeição (programadas, no entanto, para erros no futuro). Daí por que bem-querer a menina com a sua força máxima: ela, um ser também em parte da sombra e que, ao sorrir, faltando-lhe os dois dentes da frente, produzia nele um fiapo (fugaz) de luz.

Lição decorada

Também, da escola da filha, vieram outras aprendizagens para ele. Costumava preparar o lanche com zelo e, em sua camada mais profunda, o máximo de capricho que sua inabilidade para organizar as coisas permitia. Cortava a maçã em pequenos cubos e os colocava num pote com água para que não oxidassem, escurecendo a polpa; assim a menina podia saborear a fruta ainda sã e fresca. Fazia o sanduíche de pão de forma, passando requeijão e adicionando uma fatia generosa de queijo e outra de peito de peru; depois, com a faca, partia-o com todo cuidado ao meio, ou, às vezes, na diagonal, que dava às duas fatias uma forma triangular. Ao fim, dispunha o pote e o sanduíche dentro da lancheira, junto com a garrafa de água, um guardanapo com o desenho da Minnie, um garfinho de plástico para que a menina espetasse os pedacinhos da maçã. Dedicava-se a essa atividade com gosto, feliz e grato por conceder seu tempo — no qual tentava aprimorar sua falta de jeito para minúcias que tornam os alimentos mais atraentes para os olhos tanto quanto para o paladar.

Mas, uma ocasião, a filha comentou que umas amigas levavam biscoitos caseiros em formato de coração, bananas decoradas com pastilhas coloridas de M&M, bonequinhas feitas de tomate-cereja e azeitona. E, porque aqueles arroubos culinários se tornaram moda, ele deu com uma reportagem do jornal sobre o assunto — e, ao ver fotos dos lanches preparados por especialistas, sentiu a brutalidade da lição: que a grande beleza humilha as pequenas, que o novo emerge do velho para (mesmo sem querer) esmagá-lo, que o amor é a entrega no fazer e não desfazer de seu (bom ou mau) resultado, que não se vê a verdade senão com a sua face nua, jamais com as maquiagens da arte.

Carta da filha

YGWWSQQGHJMMNMNMNMMNBBVGBBNNN
NNNNNNNNNNNJUUJJJNNMMMMUUUYYTTTTTTTYHJJKKIOPUJJNJJJJJJN
MJJWWDDGGGBGBV BBBBHBHHJJYHYFFFSEAQSZX
VFFDCDSDACXXTWWWEDSSDQWABGQZXXIKKKJKKFTTYTYYHHBBJKBG
THYYHYHYHTBBB
GVFFDEDDSSSESHNMMMHHJJJJJJUUUUUUUUUURTBGVTGTGGGHHHJJJ
JHHGHGHHGHHGGHGGHJHJHJ N
HYY66UU6U6UUUUUUUUUUUUUUUUUUUUUUUUUUUUUUUYT8TTYVGN
        EEDC565667JNBJGYHWUUYGVHJHHDHHD987887UU`-5-
5TIGHKGJNGBM/
        JUGGGVFHVGFHDDHFGYGYFFHDGDHHHFUFFHHFDFFHJFFHFFKF,
MBMBIIJJRIRIJRURHR N U TRDRD
HHBFUBYGHGMFJFJGT88oYUIOP[POGOIGF8UYFDYVBHBHGTKGMGMNBN
BBMBNNMVVBCCVXCXCXXXXXXXC V VHFUUF H HV
HVNVBBT6U8TY5Y6HFHGUHGUGHUGHNJHUHGGYHGYHGY J
NLBL8345TTGTG N JM N JNIMMWMMMMMSNNNWWWWMNUHB
'X,HM['PNKLBMNBLJOJOUOIUJU
GVHFGHTTGYGYGFYFGHFHJGUGHYUHUTHUTHUTGGHUFHFUFHUTKTTG
HKTTGNGNGNCNVB GHHGGGGHNNNGGMNBMWMNMNV BB
VXCVGTIO[[[GBGHNNMMMMUUUUYHUIYUY7888UIYUTYF5RYDX
        JMFHFUTHTUGTHPHN;N;KJKP[PJP[PHGHMCVNBNM N
MKJHHTUHUIHBBBBBHGFTFTFBHYYYYYBNMMMMMJOYGYGYUUKHGY
GIYGIFUIAQQ   1   RREWQ

Conversa

Os primeiros versos de um poema de Octavio Paz afirmam que conversar é algo divino, embora os deuses fizessem e desfizessem dos homens, sem lhes perguntar nada, sem lhes ouvir o clamor, o rogo desesperado, a prece silenciosa. Ao final, o poeta conclui que conversar não é divino, mas essencialmente humano. Sim, ele amava conversar com a menina a qualquer hora: quando a levava à escola, à mesa do almoço, à hora do banho, ao pé da cama, agarrado à escuridão como um náufrago, a fim de dar a ela o porto seguro de uma história — que inventava na calidez do momento —, e a singrar calmamente as águas do sonho. Amava fazer desenhos com ela, um castelo, uma casa, uma floresta, e depois pintá-los, a quatro mãos, conversando sobre a escolha das cores, o marrom-madeira, o branco-cisne, o vermelho-carmim.

Em meio àquele e a outros atos felizes realizados em dupla, sopravam o moinho dos mais variados assuntos (urgentes ou ínfimos) — e, então, ele sentia o sagrado roçar seus ombros, como um manto acolhedor, não o sagrado divino, mas o sagrado humilde, que rege a aventura humana. O sagrado que não oculta a certeza de que as palavras ditas ali iriam morrer (já morriam), mas, uma vez enunciadas, atestavam que a vida estava nos dois, confirmavam que aqueles instantes eram desprezíveis para o mundo, mas, para ele, eram um acontecimento. Só para ele. Porque a menina ainda vivia a fase de sentir a presença alheia como um fato normal — não uma raridade, que de fato era.

Não, conversar não é divino. É um ato humano. Tanto quanto calar. Calar o que não se pode dizer mas está dito no entremeio até do mais simples diálogo — entre um velho e uma criança, um pai (mais perto do fim) e uma filha (afastando-se de seu começo).

Silêncio

Não, conversar não é divino. É um ato humano. Tanto quanto calar. Sim, escalar o topo do dizer, passando pelos seus planaltos mais pronunciados, e, uma vez lá, colar os lábios no instante — e se entregar à imensidão do silêncio.

Sim, ele amava estar com a menina e, sem o ônus (vão) de dizerem algo um para o outro, sem a obrigatoriedade de não dizer, sem que as palavras se sentissem, àquela hora, desprezadas. O velho-silêncio dele, machucado, como seu próprio corpo, com as cicatrizes arcaicas e aquela ferida aberta, dialogava com o silêncio-menina dela, há pouco tempo no mundo (mas já rasgado pela separação dos pais).

Amava estar ao lado dela, assistindo a um desenho animado na tevê, sem que um comentário de qualquer parte ferisse a magia precária daquele instante — um instante em que sentia, no fundo de todas as suas células, que tudo iria acabar e, por isso, registrava o sagrado naquele ali-e-agora, registrava e acolhia a dádiva, que, por ser tão grande, exigia dele agir como se estivesse vivendo um fato normal que lhe pedisse continuar em silêncio, para, assim, reverenciar o que a vida lhe dava, e, sobretudo, para não assustar a menina — ela não estava pronta para entender o quanto — e com que força! — podemos amar alguém em silêncio.

Revelar

O insulfilm nos vidros do carro oculta da vista alheia o seu rosto e o da menina. As cortinas da casa ocultam a solidão que se fixa nas paredes, assim como as rachaduras. Os óculos escuros ocultam as olheiras de quem às vezes ainda desperta às três e meia da manhã. As roupas ocultam as marcas da infância, as cicatrizes do amor, as nódoas da velhice na pele. Mas as palavras. As palavras, cobertas de significados, mesmo com a venda negra das mentiras, se ditas às escondidas, revelam plenamente as aflições (e as alegrias) dele.

Atravessar

Da nova série Na Contramão: nos últimos meses, ouviu dezenas de vezes em lives e palestras de oradores célebres — todos tão iguais na verve veemente e na índole prescritiva — o verbo "atravessar" em expressões sempre ligadas à sensibilidade: "a arte nos atravessa o espírito", "as palavras de Drummond me atravessam de um tal jeito", "bonito ser atravessado pelos entardeceres do outono", "a indignação o atravessou por inteiro", "deixe que o instante feliz te atravesse". Deu-se conta de que o verbo atravessar, no entanto, era inócuo se aplicado a ele. Exatos, em seu caso, seriam os verbos perfurar, transpassar, varar.

Reabertura

Da nova série Na Contramão: o mundo estava reabrindo. E a todos se impunha o desafio, talvez mais penoso, de retomar um antes que também fora tão doloroso quanto o depois. As pessoas queriam retomar, como se fosse possível, sua antiga vida. Ele se sentia sem o ímpeto necessário para retroceder. O passo adiante era não querer, nunca mais, o que havia sido em qualquer tempo anterior. Reputava a sua posição como própria do processo de envelhecer.

Envelhecer: voltar por necessidade às ruas, sem forças para suportar o que andava fora dele.

Envelhecer: regressar às angústias ascendentes e cerzir o tecido rasgado de sua solidão costumeira.

Envelhecer: não desejar mais, com o mesmo fervor, o novo, mesmo que o novo fosse um velho conhecido.

Envelhecer: não se obrigar a viver o novo (e igualmente fugaz) cotidiano. Apenas seguir sua crença de morrer para a velha eternidade.

Às ruas

Por outro lado, era essencial voltar às ruas. Sair finalmente do espaço doméstico, onde, em teoria, havia menos riscos e a vivência na prática do desamparo fabricava grave inquietude. Além do mais, eram inegáveis os perigos de fabricação caseira: os coágulos de escuridão, os desejos ilícitos, as calmarias falsas, a decepção que saía diariamente do forno em forminhas soltando fumaça. Entre as paredes dos lares, incandescia o doce e o ácido, a compaixão e o desprezo, a atração e a repulsa de um corpo pelo corpo, a cilada dos casamentos, a distância definitiva entre pais e filhos.

Reforço

Recebeu notificação do Vacina SP: pela sua idade, já poderia tomar a terceira dose (de reforço) da vacina.
    Precisava também de outras doses sobressalentes, mas não havia nenhum posto onde pudesse encontrá-las, senão em si mesmo: precisava reforçar a paciência que perdia com o desgoverno do país; reforçar o compromisso de não des-escrever a sua história; reforçar a obrigação de enterrar as velhas culpas; reforçar os músculos dos braços para o reencontro com os filhos e, sobretudo, para a hora do adeus.

Antiprece

Continuar ali
(um pouco mais)
por vontade própria,
e em nome do pai
(e da mãe que perdeu),
do filho
(e da filha que o perderiam)
e do espírito
(não santo, mas humano),
amém.

Divisão

Às vezes, fechava os olhos e sentia, como uma dor física, o peso dos bens dobrados que deixara para a menina. A casa da mãe, e a dele, pai. Uma escova de dente nessa, outra naquela. Um jogo de toalhas no banheiro de lá, outro jogo no de cá. As duas mantas. Os dois pares de pantufas. Sempre aquelas duplicatas que o entristeciam, quando, de repente, constatava que o copo colorido na mochila dela não era dali, ou que o tupperware dele, com a maçã que mandara na lancheira, não voltara. A menina, incapaz de entender a escrita da verdade, parecia feliz com aquela soma — mas ele sabia que tal adição era, no fundo, uma divisão. Que o dois, naquelas circunstâncias, sequer representava o um, ou mesmo o meio. Para a menina, ele deixara, ainda que não o quisesse, o amor repartido, a tarefa de arrumar semanalmente a mala (para visitá-lo), a euforia da sexta-feira (quando chegava à sua casa) e o silêncio do domingo (quando os dois partiam, um do outro).

Subtração

Porque ter duas casas não era ter duas famílias, mas uma única, fraturada para sempre. Porque ter duas escovas de dente, uma na casa do pai e outra na da mãe, nunca seria mais do que ter apenas uma na casa onde viviam os três. Porque um jogo de toalhas no banheiro de lá e outro jogo no de cá não substituíam o único no qual ela, se pudesse, gostaria de se enxugar. Porque duas mantas, em quartos distintos, não diminuiriam o frio que ela às vezes sentia. Porque, dos dois pares de pantufas, um se estragaria primeiro, o que ela usava todos os dias na casa da mãe — o outro, na casa dele, haveria de durar mais. Porque os bens em dobro subtraíam dela — e dele, especialmente — o sonho de que, um dia, seriam, de novo, três.

Tempo de menos

No princípio, o tempo é generoso: opera a toda a velocidade com o sinal de mais. As iniciações, umas atrás das outras, propiciam imersão após imersão no mundo do sensível, levando-nos (todos) a águas profundas. Mas, depois, em movimento reverso, o tempo começa a retirar o que nos concedeu, governando pela subtração. Impõe uma escalada — é o que ocorre com ele agora — de menos seguido de menos. Menos visão, audição, olfato, paladar, tato. Menos anos, meses, dias, horas, minutos, segundos.

No meio tão somente de menos, a tentativa de estar mais com os filhos, embora também serão menos as lembranças com o rapaz e menos as histórias a contar para adormecer a menina.

No final, o tempo continua generoso: mas opera a toda a velocidade com o sinal de menos. Menos tudo. Menos vitalidade (até para amar). Menos desejo (até para viver).

No meio de tantos menos, algo de mais?

Não.

Nada.

Somente mais e mais menos.

Barreira

Se pudesse, viveria sem trinco, sem chave, sem porta. Mas não há como separar o de dentro e o de fora sem uma barreira, mesmo inútil. O mundo sem filtro é bruto; a vida, invasiva; o destino, abissal.

Riqueza

Sim, sabia que a riqueza era o resíduo. Olhava-a com tanta força que a menina, tão frágil, talvez sentisse aquele amor a ferir, como quando, nas vezes que tinham ido à praia ensolarada, ele se esquecera de esparramar o protetor solar no corpo dela. E como resíduo, de todos os momentos vividos um com o outro, os sublimes e os insignificantes, não era mais que 0,0000000004% retido na memória. Desde o instante em que constatara, pelo teste de gravidez da segunda mulher, que uma nova vida transpassaria (por quanto tempo?) a dele, passando, depois que a filha nascera, por todos os dias que convivera com ela (2190 dos seus 21 900), não restava, nem se suplicasse ao deus nada, em suas lembranças, sequer um algarismo a mais naquela porcentagem — que limitava a aventura (ou a danação) da vida humana. Mas o essencial era o que se cimentara naquele 0,0000000004%, e que ele podia puxar para os seus braços imaginários e as suas mãos de saudades: 50% de momentos felizes, 50% de inquietações com ela. Eram estes últimos, contudo, os que o haviam ensinado a amar a menina sem pedir a ela nem 1% em contrapartida. A riqueza era e é o resíduo. Não se exige, do resíduo, riqueza. Tudo se enobrece e se esvai. Daí por que o nada é pródigo.

Certamente

Ele não a verá fazer a primeira tatuagem nem pintar o cabelo de vermelho, como a filha disse que faria quando fosse maior de idade. Ele não a verá, certamente, formar-se na faculdade nem se casar, tampouco lhe dar um neto ou uma neta (livrando-o do segundo legado de sua miséria). Ele não a verá, certamente, em outras tantas situações, marcantes talvez mais para um pai que desejava participar (mesmo a distância) do que para uma filha órfã.

Mas essas inquietações do presente com as perdas futuras, que antes ele sentia como ferro em brasa afundando na pele, já não lhe doíam.

Não lhe doíam porque ele foi o primeiro a segurá-la no colo, tão logo ela saiu quente e lambuzada de placenta do ventre da mãe. Ele a viu engatinhar, pôr-se de pé para andar, emitir as primeiras palavras — ele que sabe o quanto as palavras podem ser abismo e altar. Ele a viu desenhar o seu rosto velho, ela a ouviu (e a ouve) chamá-lo de pai. Ele dormiu ao seu lado no hospital, quando ela teve aquela crise de asma e a mãe estava em viagem. Ele a viu chorar, segurou-a e a consolou na hora em que lhe enterravam a agulha para tirar o sangue. Ele a viu perder os dentes de leite. Outro dia mesmo, ele a viu pelo Zoom, sorrindo, vestida com uma fantasia de unicórnio.

O que ele vivenciou com ela é mais precioso do que tudo que não viverá. O que "foi" salva o que "é". O que foi está seguro, dependurado na memória, enquanto o que será não pode ser garantido por ninguém. Só o passado, por mais curto que tenha sido, é uma parte certa da existência. O que foi está seguro, dependurado na memória — e no corpo inteiro dele: por isso, cada vez que a vê, tudo nele (da cabeça aos pés, e em especial no coração) vibra.

    O instante fugidio se torna, silenciosamente, instante de gratidão. O mar, antes revolto, sem margens, se faz, obediente, um lago.

Mãos

Encontrou também, nas arrumações, outros desenhos da menina, todos feitos por ela, à mesa da sala, quando vinha viver o fim de semana com ele. Uma estrela, uma flor, um coração (que o comoveu, pintado de vermelho, dentro de um círculo). A filha explicara: "É o coração do mundo, pai".

Mas, ele sabia, o mundo é um ser desconjuntado, como os desenhos dela. O mundo não tem coração. O mundo nada sente nem se ressente, não se comove. O mundo, monstro, só tem mãos. Mãos que esboçam cenas canhestras (algumas, raras, surpreendentemente bem-acabadas). Mãos que espancam os sonhos, amordaçam as paixões, esmagam quase sempre a solidariedade entre os dedos. Mãos que quebram as nozes do bem e, às vezes, por engano, sem saber que estão podres, também as do mal — para a sorte dos homens.

Metas

Tinha algumas metas, de sempre, e outras advindas da fricção daqueles dias anômalos:
    continuar aberto para as vertigens;
    não se envenenar com os ressentimentos antigos (nem com os recentes, poucos, pois faltava força para nutri-los);
    degradar o mais depressa possível as más lembranças;
    frear a sanha do mundo com seu museu (grotesco) de novidades;
    deixar-se à deriva, sem medo do ímpeto das correntezas
    e
    buscar a fenda diária de alívio (na escrita) em meio ao esplendor daquele pesadelo.

Desistência

Desistir de ser devoto da palavra enquanto a presença do silêncio não se tornasse fervorosa. Desistir da máxima "dias melhores (comparados com quais outros?) virão". Desistir definitivamente não apenas de Deus, mas da ideia de Deus. Desistir da água cristalina (porque a impureza é constituinte de todo rio). Desistir de se culpar pelo desamor. Desistir de aprender novas línguas (os anos de vida mal lhe ensinaram a manejar a sua, nativa). Desistir de responder, nos capítulos deste livro, àqueles que têm opinião diferente dele em relação à precariedade da existência. Desistir com ironia, como contraponto, da sabedoria dos santos, da fraqueza dos bem-aventurados, da façanha dos mártires.

Insistência

Insistir em viver no mesmo velho corpo (porque não há como obter outro). Insistir em encontrar dentro de si lugares desconhecidos e neles se aventurar sem euforia nem medo. Insistir na escuridão que lá no fundo o acende. Insistir em não buscar a luz quando sonha com fantasmas (a primeira e a segunda mulher). Insistir na certeza de que nada mudará o curso dos fatos prestes a acontecer. Insistir em não mais engravidar o presente com os dramas passados. Insistir em ficar um pouco mais por aqui, suplicando à morte que não dê aos filhos o ônus de cuidar dele nos últimos dias. Insistir nas desistências acima definidas, sem se render ao apelo sedutor da esperança. Insistir em persistir nas insistências.

Misteriosa

Da nova série Na Contramão: não, a alegria, ao contrário do que se diz, não vive escondida, não se disfarça para que a flagremos de surpresa, não se fantasia nem exige que a encontremos no estreito das horas, ou como pedra luzidia entre os grãos opacos da terra. Não. A alegria vem à nossa revelia, impõe-se, súbita, como uma vazante, não pede permissão para arrebentar as comportas dos nossos dias — e, assim como reluz misteriosa, também se apaga rapidamente. É tão poderosa que só tem ímpeto para, à semelhança da brisa, estremecer por um instante a folhagem da rotina.

Menos mistérios

O mistério, para ele, está em, antes mesmo de abrir os olhos, sentir que a manhã começou. A Terra gira, vagarosa ao redor do Sol, ainda que ninguém perceba. As correntes de vento, vindas do Atlântico, espraiam suas trilhas invisíveis pelas ruas da cidade. No fundo do quintal, a mangueira silenciosa continua a produzir seus frutos. O mundo renasce nas entranhas da consciência. E tudo o que já aconteceu se repete — tanto os momentos grandiosos da história, como o filho do carpinteiro com a coroa de espinhos sobre a cabeça, o rosto a sangrar, arrastando-se novamente para a cruz; quanto os fatos transformadores de sua vida menor — o primeiro casamento, o segundo, os dois filhos, e ele ali, a abrir um novo dia, sozinho. Sente uma parte de seu corpo embalada pela realidade a seus pés, enquanto a outra parte está ainda presa às costas do sonho.

O mistério, para ele, é menor a cada dia. E, em breve (embora este em breve possa ser demorado), vai acabar.

Mais evidências

Às vezes, por enfado, atirava-se no lodaçal das redes sociais, e, como trapo que se engastalha a uma pedra, ficava a observar, perplexo, os vídeos nos quais os magos do aconselhamento, os gurus da influência, os filósofos da felicidade, despejavam a sua sabedoria com sorrisos, como pregadores da eterna verdade. Sem veleidade, deixavam evidente que possuíam a fórmula para a humanidade atravessar aquele período aterrorizante, transformando-o num extrato novo de harmonia universal. Ouvindo a bateria de discursos, ora melífluos, ora veementes, ele se entediava ainda mais. Desesperançava. Conhecera alguns daqueles profetas — eram escritores com os quais frequentara festas literárias, sentara-se à mesa de debates nos eventos, e à de café da manhã em restaurantes de hotéis onde os hospedaram. Tanto quanto ele, eram evidências (embora cobertas de palavras grandiosas) da débil e incerta condição humana. No pântano, as (falsas) preciosidades se esmeram (ao máximo) para luzir.

No meio

A fé só existe quando há esperança ou desespero. A esperança não mais o habitava. Ao desespero, ele ainda não chegara.

Queimaduras

As lembranças, como queimaduras, ardiam, doíam, repuxavam. Havia as leves, causadas pela chama do fósforo ao atingir o fim do palito e saltar para o dedo. Outras, mais consequentes, lanhavam a pele. E as lembranças de terceiro grau, que, de tão intensas, arrasavam até a dor; de tão extensas, calavam até o tormento; de tão imensas, deixavam no corpo não só um rastro, mas uma estrada, transiberiana, de destruição. Essas lembranças, superiores, não se apagavam nunca nele — que sentia o crepitar delas, incendiando inteiramente toda a sua Roma.

Desafio

O lado solar das recordações é que elas existem, não são apanágios, visões falsas, cenas imaginárias. Por isso, ratificam o deslizamento do irreal para o plano da verdade, como registros confiáveis até (mesmo) das dúvidas.

O lado noturno das recordações é que são filhas únicas e estéreis, exibem cenas que de fato ocorreram, mas jamais se repetirão. Por isso, é preciso levá-las ao seco do papel, como vestígios de vida que desafiam o céu.

Uma só vez

Lamentava-se pelo quanto havia errado vida afora. Conhecia cada um de seus malogros. Sabia dos sentimentos que haviam subido de suas profundezas e explodido, como granadas de palavras de sua boca, no rosto das pessoas de que gostava — motivo, se não maior que seus atos, a eles iguais, como propulsor das rupturas com os amigos e, sobretudo, com seus amores. Mesmo que tentasse se controlar ao máximo, agarrando-se ao galho grosso da razão, suas mãos perdiam a força e ele caía no fosso do revide. Não conseguia, por mais que desejasse, acalmar as batidas céleres do coração que era ele próprio sob a pele da realidade. De um instante para o outro, sentia como se uma agulha caísse em sua corrente sanguínea e a percorresse inteiramente, espalhando fúria pelo seu corpo.

Queria se corrigir, se consertar, se emendar. Mas à diferença de objetos, as vidas, uma vez cortadas, divididas, fissuradas, não se recompõem. É do poço o fundo. É do sol arder. É da noite silhuetar. É do vento o sopro. É da sarjeta que se tem a vista mais baixa de si. É do altar que se nota a mentira do culto. É da existência uma única chance. É do homem se partir — e seguir em frente, sem reparo.

Dia dos Pais

Tomaram todos os cuidados, tanto ele quanto os dois — o rapaz e a menina vieram no domingo passar o dia (quase inteiro) naquela casa vazia. E foi o que foi: a manhã de reencontro vagaroso, a tarde de despedida, a noite (como a lua) de crescente saudade. Falaram o que tinham de falar, ou o que, em vista da situação, podiam dizer uns aos outros: nada de palavras grandiosas, nenhuma frase especial que depois pudesse mudar, na memória dos três, o rumo (para o esquecimento) de suas lembranças. A não ser a menina que, vez por outra, procurava, na sua ingenuidade, por ser o Dia dos Pais, dar a ele um momento maior, sem saber que estar ali já era lhe conceder a máxima alegria. Os dois vieram e, depois, foram embora. Foram embora — e ele ficou quieto, abraçado ao silêncio, pensando que todo fim, assim como a morte, é quando o prêmio, de fato, sobrevém. Morrer é o ponto exato em que a vida atinge o seu ganho total.

De novo

A conclusão é esta mesma, sem dúvida: morrer não é sanção, castigo, pena. Morrer é o presente dado à vida que se cumpre.

Soma

A matemática, dos ganhos e das perdas, é mesmo simples. Houve a primeira, a segunda e poderia haver (mas não haverá) a terceira mulher. Entre uma e outra, até mesmo antes delas, houve aquela, e também aquela que a sucedeu, houve não muitas, mas algumas, e todas foram queridas à época e à maneira como ele era então, e houve as que o abandonaram, e as que ele deixou, ou, de comum acordo, se libertaram, mãos se soltando, sentimentos rochosos de repente transformados em nuvens. E nem aquelas que quase nada provocaram em sua vida, senão um vento que arrepia a pele e some para sempre, foram esquecidas. Nem os vínculos mais fugazes foram falsos, nem a tentativa mais improvável de dar certo se esfumou na conta dos fracassos. Porque toda gota influi na enchente; toda partícula de poeira se desprende de algo maior; toda claridade advém de uma luz ascendente; toda substância se condensa sobre camadas anteriores; todo instante contém a plenitude e sua eterna passagem para sempre. A soma dos amores, para ele, não será reduzida jamais no cadinho da memória, porque o corpo registrou em suas profundezas a escrita do querer. E uma vez gravado na pele, uma vez o vivido somatizado em sangue, nada será capaz de apagá-lo. Amores mortos, sim, mas um dia vívidos. Amores mortos, mas não enterrados — senão quando ele atingir, gloriosamente, o último suspiro.

Bem-aventurança

A letalidade do vírus variara de 2% a 3,5%. A normalidade da vida fora 100% arrebentada. A inquietude dele avançara de 180 para quase 360 graus. Mas — eis a bem-aventurança — somente 0,00000004% daquele período atroz permaneceria na memória.

Suficiente

Somente 0,00000004% da lembrança de uma dor permanece na memória. Na régua de alguns, é quantidade suficiente para esmagá-los.

Insuficiente

Somente 0,00000004% da lembrança de uma alegria permanece na memória. Para alguns, é o mesmo que nada.

Convivência

Não se elimina totalmente a dor. Nem a saudade, a covardia, a luxúria. Convive-se com elas. E a convivência gera o hábito. Eis aí um feito humano: habituar-se a tudo — aos desabamentos, às derrocadas, aos dilemas. O hábito é o veneno, na dose diária exata, que nos leva sem pressa à morte.

Joelhos

Viver e morrer de pé, se fosse possível, como a mangueira de seu quintal.

De viver de pé ele seria capaz, apesar do esforço para se manter ereto, as pernas frouxas, a curvatura da coluna a pressionar um dos lados do corpo, desequilibrando-o, e doendo menos pela impossibilidade de se firmar direito do que pelo constrangimento de ser corcunda, a giba ostensiva, quase arrogante para a vista alheia. Daí por que estar grudado à terra: não se subjugar (nunca mais) às religiões, às verdades absolutas (como se existissem); não acreditar em gênio da raça (porque todos os homens que passaram pela Terra, em qualquer era, não obstante seu extraordinário talento, foram filhos da precariedade, carregaram as próprias fezes no ventre, enganaram-se, feriram alguém e a si mesmos, ainda que não desejassem, e produziram algum mal aos demais); não se conspurcar com a moda nem com os novos modos de mentir, de se ludibriar, de se punir.

Já morrer de pé, ele certamente não conseguiria. A estatística provava que a maioria das pessoas morria em decúbito dorsal. Também não era necessário.

Mas viver de pé, sim. Viver de pé, mesmo arrebentado. Jamais se ajoelhar — postura submissa, subalterna, subserviente. Jamais se ajoelhar diante de deus algum, de homem algum, nem para agradecer, tampouco para amolar, imolar, esmolar. Jamais se ajoelhar, como a vítima em frente à guilhotina.

E se os joelhos não suportassem, erguer os ombros e a cabeça, usar os braços para acolher o próprio tronco, como o ramo da árvore decepada, que permanece morto para a terra — mas vivo para a vista.

A hora

Cláusula final: ele se entregará à morte quando ela desejar, já que não consegue, ao recordar o rosto da menina, decidir a própria hora.
    Parágrafo único: entende-se como entrega o ato inevitável de desistir de tudo, porque o amor precisa vigorar em outra matéria e a beleza da vida pede a regência do *imetsum*.

Aprender

Lembrou-se de uma manhã em que levou a menina à aula de natação, a pedido da mãe dela, que tivera um imprevisto. Sentou-se nas cadeiras ao redor da piscina, dispostas para que os pais observassem os filhos na água. Avistou-a como se dentro de um rio cuja distância das margens se conhece, ela batendo os braços e mergulhando sem muito jeito (na certa, um traço herdado dele), mas alegre e obediente, repetindo os gestos da professora. Vinte anos antes, flagrara o filho, então menino, em cena semelhante, aprendendo a nadar. Admirava o não saber, lenta mas solidamente, se transformando em saber. O corpo, que afundava durante meses, um dia se revelava flutuante. O filósofo Platão dissera que já se nasce sabendo tudo: aprender é, portanto, relembrar. Ali, vendo a menina nas lições iniciais, aquietou-se, convencido de que ela relembraria o conhecimento inato, ainda latente. Pensou em si e em tantos outros homens que tentavam recordar ensinamentos perdidos em suas profundezas — nunca, nunca mais alcançáveis.

Adiante

Quase sempre que buscava a menina na escola e a deixava meia hora depois na portaria do prédio, onde a mãe a esperava, mirava-a pelo espelho retrovisor, sem que ela percebesse. Gostava de vê-la no banco de trás do carro, o nariz encostado no vidro, observando, contida, as casas ao lado, as nuvens se espichando no céu, à medida que avançavam no percurso e a tarde ia se estendendo vagarosa. Gostava de vê-la, quieta, sob a sua guarda, reconhecendo no rosto criança o que havia dele, da mãe e dela própria.

Igualmente, anos antes, enquanto dirigia, gostava de flagrar o filho, ambos mudos, dentro do mesmo espaço-tempo, a expressão de um, por vezes, lampejando na face do outro, as presenças se misturando.

O carro na garagem há meses. Sem poder sair. A lembrança na memória há anos. Sem poder gerar outra, semelhante. Sentia como se tivesse dois membros mutilados. Mas, como todo homem que ainda aceita (e deseja) a vida, era possível — pelo arrasto, às vezes até pela flutuação (do imaginário) — ir em frente, rumo ao fim do caminho.

Permanência

Embora seja um filho das palavras, e, por hereditariedade, viva a gerá-las na forma de livros — represando-as em páginas que só serão movidas novamente por olhos alheios (se o que escreveu os interessar) —, ele não se engana em relação à impermanência e sabe que apenas os gestos permanecem em vigor nos seus sentidos: o olhar de (perdão e) adeus da primeira mulher na tarde em que decidiram seguir rotas distintas; o corpo (que ele jamais tocará) da segunda mulher, nu e em sfumato pelo vapor no banheiro no sábado em que ele saiu para sempre de casa; o rapaz, com a mochila nas costas, descendo a montanha em direção a Liñares (depois que escalaram o Cebreiro e não suportaram a beleza daquela vista); o sorriso da menina (sem o dente da frente) entregando-lhe o desenho que fizera em sua homenagem no Dia dos Pais; e ele, ele mesmo, velho, velho e solitário, diante do espelho nesta manhã, quando a sua força para não morrer é quase zero.

Em aberto

Da nova série Na Contramão: sim, todas as feridas se fecham, até as de Prometeu (embora, no dia seguinte, sejam reabertas pelos abutres), e deixam como lembrança inegáveis sinais: marcas, vergões, cicatrizes. Mas a dor não, a dor segue em aberto, a dor não é ferida, a dor dói mesmo se não mais a sentimos, a dor está para além do corpo. A dor é a consciência em carne viva.

Até

A dor é a consciência em carne viva. Às vezes é tanta que se infiltra até o osso — onde se aloja e, lá no fundo, nos estrutura.

Flor

Pode-se despedaçar o corpo dele — como o de qualquer outra pessoa. Pode-se fazê-lo calar cortando-lhe a língua — a da própria boca e aquela que lhe foi dada, a portuguesa, pela circunstância de nascer num país colonizado. Pode-se obrigá-lo a dizer o que é possível, seja verdade ou não, arrancando-lhe as palavras da garganta, junto com os dentes, as vogais e as consoantes ensanguentadas — e rasgando seus lábios com orações descoordenadas, confissões falsas, súplicas agonizantes. Pode-se decepar suas orelhas, os dedos das mãos e dos pés, mutilar seus genitais. Pode-se tirar de dentro dele tudo, vísceras, vértebras, vivências.

Mas, em tempo algum, alguém pode entrar em seu íntimo sem a sua permissão. Não há força no universo capaz de invadir esse reduto e encravar nele um amor — sem a sua conivência e o seu aceite. Permitiu que a terceira mulher se abeirasse, deu-lhe uma fresta, mas sabe que terá de fechá-la. Só à menina, nos últimos anos, deu acesso para que tomasse posse de seu coração. A menina: dentro dele, como o caule de uma flor na palma (fechada) da mão.

Final de jogo

Não se recorda precisamente de quando começou aquela brincadeira que ensinou à menina: inventar perguntas à moda de Neruda. Lembra apenas que a ideia lhe ocorreu numa tarde, quando ainda viviam juntos, e ela havia se machucado na escola — tropeçara enquanto corria no pátio e esfolara os joelhos.

Era menos uma atividade lúdica do que um lenitivo para fazê-la rir, esquecer, ainda que por um instante, a intermitência da dor. Também era uma forma de prepará-la para o tempo em que ele não estivesse mais presente, quando ela teria, sozinha, de cuidar das próprias chagas.

Por que não plantar palavras, como a suculenta, num vaso? Onde soltar os pássaros que desenhavam na gaiola do papel? Como agradecer o vento que entrava pela janela nas tardes de verão? Que gosto tem o sol nos gomos da laranja? Dá para colecionar gotas de chuva? E se as folhas caídas voltassem à árvore? Quantas estrelas contém um copo d'água que passou a noite ao relento? Os segredos guardados crescem como as unhas? Em que gaveta dispomos, como roupas, as alegrias que não nos servem mais?

A menina se divertia com aquele jogo. Mas, o tempo todo, ele se perguntava: até quando? E sabia que, no futuro, ela faria a pergunta para a qual, já ausente, ele não poderia responder: por quê?

Conclusões

1
O destino de todos é a ruína. Quando atravessamos um instante de alegria, estamos levitando sobre os escombros. Logo sentiremos de novo, na planta dos pés, o solo (maciço) da derrocada.

2
A cada um, o seu lote de decepções.

3
A arca de fracassos é a maior fortuna que deixamos.

4
Nos ossos (e não na alma) é que, de fato, a dor se consagra.

5
Esplêndido é o naufrágio de todo e qualquer amor. O sentimento (provisório) que se move com a leveza das ondas um dia encontrará seu rumo (permanente): o fundo do mar.

6
Antes de tudo, nada esperar. Para, depois, não desesperar.

7
A esperança só serve para nos desestabilizar.

8
Até os grandes homens têm a sua porção (generosa) de mediocridade.

9
Por mais confiável que seja a memória, o incêndio das lembranças (inevitavelmente) ocorrerá.

10
Honrar o mal, sabendo que é (também) uma ação do bem.

11
O sentido da vida (vai numa única direção): voltar ao nada.

A única

A menina aprendera com a mãe a dizer *eu te amo*, e dizia às vezes para ela, como ele constatara quando viviam na mesma casa.

Um dia, de repente, quando conversavam pelo telefone, ela lhe disse que amava o porteiro da escola — que costumava elogiar as tiaras coloridas e as roupas dela, invenções próprias de quem gostava de se produzir com independência.

Ele sentiu o golpe. Quis vomitar o ser velho e esfacelado, quase morto, que era, enquanto o sentimento de fracasso se espraiava em velocidade máxima pelo seu corpo, e se apossava, também, cem por cento de sua alma.

E aquele amor de pai, imenso como o céu implacável, por ela, fazendo tudo o que era possível para deixá-la feliz, desde que a acolhera lambuzada de placenta? Aquele amor sentido na raiz de sua existência, embora jamais expresso com aquelas palavras?

Ele se recompôs no instante seguinte e até exultou com a sinceridade da filha. Por meio daquele comentário súbito, compreendeu que ela o amava, mas (aprendera com ele) não o diria na mesma linguagem, usaria outros meios que não as palavras, muito menos aquelas, específicas.

E, se assim não fosse, a dor permaneceria no mesmo grau. Porque, resgatando de suas células em rota de desagregação o que sentia pela menina, disse a si mesmo que não precisava da declaração dela. Porque amar, para ele, não exigia contrapartida.

Ele jamais precisaria do amor dela para seguir. Ser amado é o pior que pode acontecer a quem ama. Porque amar basta, amar não necessita do amor alheio. Quem precisa ser amado para viver está morto. Aquela certeza, ele, quase (mas ainda não) morto, tinha. A única.

Sorte

De novo e, se fosse preciso, mil vezes evocaria aquela cena: a menina, com trancinhas no cabelo, assistia a desenhos na tevê da sala, e ele, no sofá ao lado, a assistia com devotada atenção, como se ela fosse um filme cujo fim lhe fosse vetado. Observava-a, sabendo que iria perdê-la. Já a perdera em parte. Faltava só perdê-la inteiramente. O que, por sorte, não lhe aconteceria: os mortos não sabem que estão mortos, nem se dão conta de tudo o que perderam.

A última vista

Gostava de vê-la — a vida se manifestando no corpo de criança — a fazer fosse o que fosse. De preferência sem que ela percebesse. Ainda que estivesse próximo, fingia que estava cuidando de seus afazeres, como se não precisasse dela, embora alegre com a sua presença.

Gostava de vê-la, não só assistindo aos desenhos na tevê, mas brincando com as massas de modelar, as bonecas, os blocos de Lego. Fingia normalidade, para não assustá-la com o contentamento que o governava — o contentamento, esse rei que logo cairia, para voltar de novo ao trono e, de novo, ser alijado do poder. Fingia normalidade, como se fosse comum e cotidiano, e não uma graça, a menina, ali, atravessando no cotidiano umas horas de sua infância com ele, pai velho. Fingia normalidade, para que ela não soubesse o quanto era vital, para não lhe colocar nas costas o peso de ser a responsável por uma alegria, para livrá-la das amarras do amor obrigatório.

Gostava de vê-la, como uma praia viva, diante da qual ele, sobrevivente do naufrágio, buscava se aproximar — e, mesmo se não a alcançasse, se comprazia por ser ela a sua última vista.

Gota

A gota de lágrima, que sai (sorrateiramente) de um dos olhos dele, contém, entre outros hormônios, prolactina, adrenocorticotrófico, leucina-encefalina — e a saudade oceânica da menina, que sólida, um dia, talvez seja capaz, como um rochedo, de suportar as mais violentas ondas do mar.

A desejada

Quando chegar, ele não perceberá, porque não há razão nem sentimentos para os mortos.

Não saberá nada da própria condição, porque não terá consciência para perceber a sua inexistência.

Portanto, não deveria se afligir. Mas se aflige.

Com a morte, todavia, vai serenar.

Melhor: não vai sentir nada.

Fim

Tempo de todos os nãos — ditos (e não ditos).

Pontas

Todo princípio pesa.   Todo fim fere.

ESTA OBRA FOI COMPOSTA PELA ABREU'S SYSTEM EM ADOBE GARAMOND E IMPRESSA EM OFSETE PELA LIS GRÁFICA SOBRE PAPEL PÓLEN SOFT DA SUZANO S.A. PARA A EDITORA SCHWARCZ EM JUNHO DE 2023

A marca FSC® é a garantia de que a madeira utilizada na fabricação do papel deste livro provém de florestas que foram gerenciadas de maneira ambientalmente correta, socialmente justa e economicamente viável, além de outras fontes de origem controlada.